子どもの時のなかへ

富盛菊枝 著

三好まあや 版画

影書房

子どもの時のなかへ　目次

子どもの日々に

わたしが出会った本とお話

子どもの日々に

まほうつかいになぁれ

編み針を持ったまま、かあさんは、こっくりいねむりをする。ひざの上にひろげた編みかけのセーターは、まだチョッキの形で、えりもついていない。

（そでだって、これからなんだ、二つとも）

野枝《やえ》は心配だ。あしたの朝までに、できあがるだろうか。元日の四方拝《しほうはい》＊に学校へ着ていくつもりなのに。とうさんの古いセーターを野枝と妹の弓枝《ゆみえ》のお正月の晴れ着に編みなおしてくれる約束なのに。小さい弓枝のセーターは、とっくにできた。野枝は学校に着ていくんだから、さきにしてくれればよかったんだ。

（もし、できなかったら……）

野枝はふとんの中で、からだをかたくする。ふだんに着古してしまった青いセーターしかない。ほかに着ていくものがない。

（起きて。ね、かあさん）

肩をゆすぶって、起こしてしまおうか。

かあさんは、さっきまで台所でうま煮を作っていた。昼間は大そうじでくたびれた。いそがしい大晦日だった。それでも、野枝のセーターだけは仕上げなくちゃと、とりかかったところで、いねむりだ。

はっと、起きた。寒そうに身ぶるいして消えかかったストーブをかきたてる。野枝は、ねているふりをする。でも、心の中では、ぱっちり目を開けて、さけんでいる。

（かあさん、がんばって）

ストーブの火が燃え上がる。かあさんは、石炭を二はいも三ばいもくべる。赤くなってきたストーブに背中あぶりをして、やっと編み針を動かしはじめた。

しっ、しっ、しっ。ひっそり深い夜の音をたてる。

「起きてるの、野枝」

ふいにかあさんがいう。

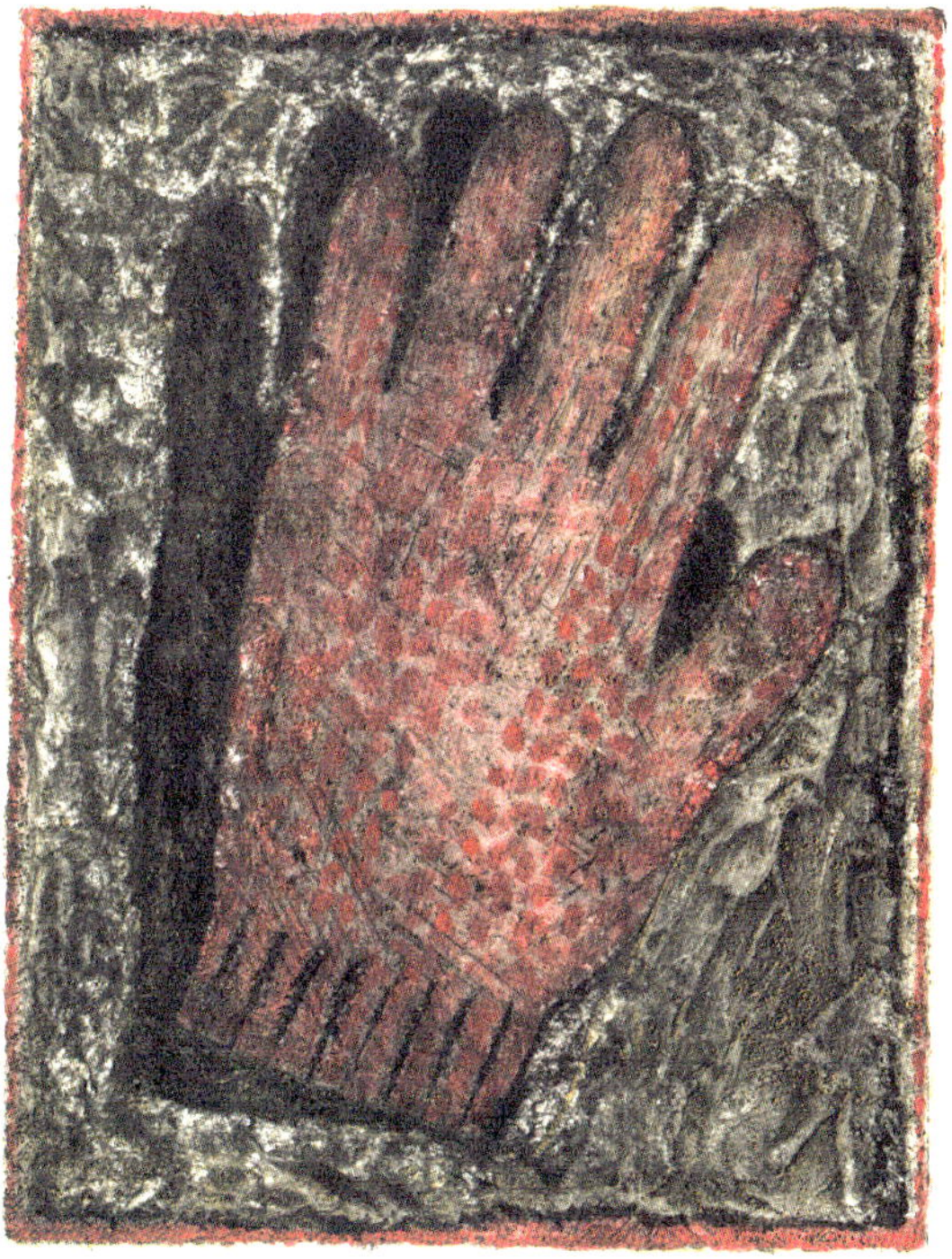

「う、うーん」

野枝はとなりに寝ている妹のかげにかくれて、ねむそうに大きないきをつく。

「心配しなくても、だいじょうぶ」

かあさんは、そっと笑う。それから、真夜中をとっくにすぎた時計を見上げて、手を急がせる。

野枝は、時間をとめたくなる。そんなことはできないとわかるから、おまじないをする。

（かあさん、まほうつかいになぁれ）

胸にあずき色の編みこみもようまではいっている、おとなしいベージュ色のセーターが、ちゃんと二本のそでもつけて、まくらもとにおかれてあるように。朝まで、かあさん、まほうつかいになぁれ。

＊　四方拝……元日の朝、天皇が皇大神宮など四方の神霊を遙拝する儀式。太平洋戦争下の国民学校では、この儀式に従う学校行事があった。

てぶくろ編み

かあさんに、最初の目を作ってもらって、野枝は編みものをはじめた。四本針のおしりから目をこぼさないように気をつけながら、針先をとなりの目にさしこむ。小指にまきつけた毛糸を人さし指で針の頭へまわし、新しい目をひっぱりだす。ゆっくり、しっかり一針分おわると、野枝のてぶくろになるはずの編みものは、一段成長する。

赤いてぶくろは、やっと手首のまわりができただけ。野枝は、それを左手にくぐらせてみる。手首から先は、急に巾広くなるてのひらだ。そこから、まず親指がはえ、すこしのぼって長いのや短いのや四本も指がはえている。

五本指のてぶくろを編むなんてこと、とても手に負えない。どこからどうやって指をはやせばいいのか、わからない。やっぱり、かあさんがいうように、ぼってぶくろにしよう。親指だけつけて、あとはひとつにくるんでしまうてぶくろ、えんとつそうじのおじさんがはいている*綿入れのてぶくろみたいだけど。

「ゴム編みは、そのくらいでいいわ」

かあさんが、そばから編みものを取り上げる。

「ここからはメリヤス編みにして、と。どうれ、いくつふやそうか」

「このくらい」

野枝は、左のてのひらの巾を、右手の親指と人さし指をひろげて測る。

「手の形に合わせて、だんだんにふやすの。おばばから、かあさん小さいときに習ったやり方、とってもはきやすいんだから」

「おばば、じょうずだもんね。だれに習ったのかな」

「発明したの、この指のつけ方は」

「発明、おばばが」

かあさんは大きくうなずきながら、くるくる小さな親指をつけてゆく。

野枝は、細い目をいっぱいに見開き、かあさんのてもとをのぞきこむ。でも、どこが発明なのか、わからない。

「もうかたっぽうは、野枝ひとりで編むようにしてね。ほら、ここまできたら、一つふやして……」

発明を習う野枝は、しんけんだ。教えるかあさんも、しんけんだ。

「わっち、指、五本ともつける」

「めんどくさくない？」

「ううん。おもしろい」

野枝の赤いてぶくろは、だあれももっていない発明のてぶくろになるんだ。できあがったら、おばばにみせにいかなくちゃ。

＊　てぶくろをはく……北海道では「はめる」といわないので、てぶくろも靴下も「はく」ことになってしまう。

雪ぼうし

裏口の引き戸をあけると、粉雪がさっと舞い込んだ。

「寒むぅ」

かあさんは、ゴミをいれたバケツを両手に下げて、外へ出る。

「野枝、しめといてね」

いいのこして、暗い門のむこうへ急いでいく。夜の空は屋根まで低く降りてきて、ひさしのあたりから、こまかい雪がわきだす。生まれたばかりの雪が、戸口に立っている野枝のおかっぱ頭にふりかかる。

野枝は冷たい粉を払おうともしないで、おもての世界に見入る。さっきまで遊んでいた門のあたりは、深々とした白いざぶとんを並べた客間のように静まりかえっている。そこを踏んでいったかあさんのくつあとさえ、もううっすら消えてくる。

耳をすますと、谷間にふり積もる雪の音がぎっしり体をしめつけてくる。

（かあさん、おそいなあ）

野枝は、身ぶるいする。

（帰ってこないかもしれない）

頭に浮かんだ考えがおかしくなって、わらう。くちをまげて、ふふん、とわらう。

「かあさーん」

野枝は大声をだす。

「早くう」

まっていられなくなって、ゴム長をはき、かあさんの足あとを追ってとびだした。

坂道の下にあるゴミ箱の前に人影が見える。

「かあさーん」

ころげて、おきあがり、雪まみれになって走る。

「ふたがこおって、あかないの」

かあさんは、どこからか拾ってきた棒きれで、ゴミ箱のふたをこじあけ、やっとひろげたすきまから、ゴミをおしこんだ。からになったバケツには雪をすくいいれて、内側についたこまかいゴミといっしょに、さかさにしてたたきだす。

「さ、おしまい」

二つのバケツをまとめて片手に持ち、もう一方の手で野枝の手をにぎる。

「つめたいな。てぶくろもしないできて」

野枝はだまって、かあさんの手をにぎりかえす。つないだ手をゆすって、うたいだす。

「根っかぶ、根っかぶ、雪ぼうしぃ」

「根っかぶ、根っかぶ、雪ぼうし」

かあさんも、うたう。それは　野枝が持っている絵本の一ページの、雪一面の林の絵にそえられた、歌というより文句だ。

いま、野枝の目の前で、坂道や段々に、ほそい手すりに、林の根っかぶにかかった雪のような、まあるい雪が積もっている。

16

夜の雪の絵の中を、野枝は、安心して歩いていく。

クレヨン箱

なんの空き箱なのか、五合マスくらいの木箱に、短くなったクレヨンがいりまじってはいっている。姉たちが学校で使い古したクレヨンのくずばかり、ほとんどが皮をむかれたはだか姿で、まだ少し長いのも、小指の先ほどしか残っていないのも、赤も黒も白も、文字通りいろいろだ。

野枝はすぐ上の姉の美枝《みえ》から、一枚わけてもらった画用紙に、花の絵をかいている。

「サクラァ、サクラァ、ヤヨイのそらァは」

うたいながら、木箱に手をのばす。うすももいろの山ザクラの花の色は、どれかな。

野枝は、なるくべく白っぽく見えるかたまりをつまむ。外がわはさまざまないろとぶつかりあって、黒やむらさきや茶でまだらになっているから、芯のいろはちょっと見ただけではわからないくらいだ。ぬりつけてはじめて黒か青かわかるのもある。箱の底から、やっとそれらしいいろをひろいあげて、ぬる。

「ああん」

あわいサクラのはなびらは、山ユリのように黒と茶のふいりの花になってしまう。

「やっちゃん、なにかいてるのさ」

ふたりの姉が、ちゃぶ台をとりかこむ。

「サクラ」

野枝は自信のない声でこたえる。

「わっちもかこう。美枝ちゃん、紙ちょうだい」

上の姉の桐枝《きりえ》にいわれて、美枝は買ってもらったばかりの画用紙をもってきて気前よくわける。それから、野枝の横に自分も一枚ひろげ、クレヨン箱に手をつっこむ。

野枝が見ていると、つかんだいろでなにをかこうかきめようとしている。

「サクラ、やめた」

野枝は、よごれたももいろを箱になげこむ。

「これ、おまつりの花にする」

いちばん長いクレヨンをとり、その赤で花びらを濃くそめた。夏祭りのとき、軒端にさす花の枝、紙をそめた花飾りのつもりだ。桐枝は窓の外をながめ、暮れかけた雪景色をそのまま描き出す。美枝の紙では、みどりいろの鳥がはばたいている。

長い北国の冬、はや灯のともった夕飯前のちゃぶ台の上で、クレヨン箱はひっぱりだこだ。

20

庭のスイセンが目をさました

音楽の時間はすきなのに、野枝は先生の前では、はずかしくて声がでない。きょうも、せっかく先生がオルガンで伴奏をひいて、でだしのところで「はい」と声までかけてくれたのに、うまくのっていけなかった。うちへ帰っても、なんだか悲しくて、寒い庭へ出ている。

きのう、桐枝と美枝が、もみじの木の下にスイセンの芽がでているといって、大さわぎしていた。ふたりは浮かれて歌をつくって歌っていた。

ニワノ　スイセンガ　メヲサマシタァ

野枝は、土をわってちょっぴり顔をだした緑の葉先へ、ささやくように歌ってみる。姉たちが歌っていた節をかえて、声を高くする。

ニワノォ、スイセンガ　メヲサァマシタ
立ちあがって、だれもいない冬枯れの庭を歩きまわりながら歌う。

スイセンは、この庭で一年の最初に咲く花だ。黄色いラッパスイセン、重い頭をかしげて咲く八重スイセン、小さな六枚の花びらのまん中にオレンジいろのふちかざりがあるボタンをとりつけたような白スイセン、毎年毎年、すこしずつふえてでてくる。

歌っていると、花が開き、つめたい空気にふと、いい香りがまじったような気がした。野枝は鼻をふくらませ、うっとり目をつぶる。

「野枝ったら、エイガのまねして」

いつきたのか、美枝がたっている。

「ちがうよう」

それでも野枝は赤くなったりしない。

「ね、きのうの歌、このほうがいいよ」

といって、大きな声で歌う。

ニワノォ　スイセンガ　メヲサァマシタ

美枝も声をあわせる。美枝は映画の中で歌い手がやるように表情たっぷりに、野枝は音楽の時間中のようにおおまじめで、スイセンの歌を歌う。春がくる庭で。

長ぐつの中の春

学校のそばの谷地《やち》には、冬のあいだだけ、ななめにくねった道ができる。駅へ急ぐおとなたちが枯れヨシの中に、氷を踏んでいく近道をつけるのだ。

野枝たちは、学校へ行く道々、薄氷をわって音高く歩くのがたのしい。ときどき遠回りして谷地の道を行く。野面を渡るつめたい風にふきさらされて、水たまりはどれも硬くこおっている。くぼみにはめこまれた氷は、セルロイドの下敷のようにすきとおったのやくもりガラスのように白いのや、まるいの四角いの、薄いの厚いの、どんなにがんばってもぜんぶ踏み割ることなどできないくらいある。そして、ずいぶんめちゃくちゃにこわしたつもりでも、翌朝になると、風のガラス屋がきたみたいに、ぱりっと新しいのにとりかえられている。

昼すぎ、野枝は四、五人の友だちとつれだって帰る。谷地がばかに明るい。やわらかい風がふいて、久しぶりによどんだ水のにおいがする。

「あ、氷とけてる」

先頭にいた男の子が谷地に入り、道のない道を歩きだす。

「どれ」

「どこ」

みんなが続いた。あちこちに太陽をうつした水たまりが見える。枯れ草の根元には赤黒い土までもりあがっている。

それでも、谷地の周囲に掘られた巾一メートルほどの溝には、まだ厚い氷の板がふたをしている。表面はてらてらぬれて光り、まるで鏡を敷いたようだ。男の子はおどけて、その舞台にあがり、スケート選手になったつもりですべりだす。

「あぶないよ」

野枝は、男の子のそばに行った。

「われたらどうするの」

「われないって」

男の子が足を踏みならし、自分より背の高い野枝の胸をついたとき、ふたりの足元がぐらりと揺れた。

大きな厚い氷は、重みのかかったほうへあっけなく傾き、男の子が岸へとびうつった反動で浮き沈む。野枝は足をすべらせ、土手の草をつかんだまま、ひざまで溝に落ちた。長ぐつの中に泥水がたっぷり満ちた。水もいっしょに汲みあげるかっこうで、野枝はみんなに引っぱりあげられた。

くつをさかさにしたら、にごった水に細い緑色の草が一本混じって出た。氷の下で枯れずに生きていたんだろうか。それとも、なんだかなまあたたかく思われた水の中で育ちはじめた草なのか。

野枝は、長ぐつを鳴らして家に帰る。ぬれた毛糸のくつ下からしみだした水が、足のうらでふくらんでは、はじける。

「つめたい?」

と友だちにきかれて、頭を横にふる。

「ううん、あったかい」

負けおしみではない。くつの水はお湯になっている。ぬるんだ川の水に足をつけているようだ。野枝のくつの中には、とにかく一足先に春がきた。

並んで歩く

学校の廊下は長い。はじめてそこに立ったとき、野枝は向こうにいる人が小さく見えるのにびっくりした。新しい上履きをはいた足を、おそるおそる運んでいくと、運動場につきあたる。右手はまた廊下だ。

生徒玄関から、ちょうどかたかなのコの字の分を歩いて、やっと一年生の教室にたどりつく。同じような部屋がいくつも並んでいて、奥から二つ目の部屋の廊下側のすみに野枝の席があった。そこまで毎日まちがえないでこられるだろうか。そして、帰れるだろうか。

廊下は、こわい。曲がり角からふいに大きな生徒が現れる。片側につながった低い窓はいつ音をたててあけられるかしれない。行き交う生徒たちは一年生をめずらしそうに見たり、からかったり……。野枝は床板をみつめて急いで歩く。

だが、朝礼が終わって運動場から教室へはいるときはべつだ。みんなで並んで歩く。のっぽの野枝は一番うしろからついていけばいい。

並ぶときは、手をのばして前の子の肩にすれすれの間隔を守ること。先生にそういわれると、一年生は何度も手をあげて間を計る。

音楽が鳴って、先生が号令をかける。

「前へ、進めっ！」

先頭の子が元気よく歩きだす。右手をふりあげふりおろし、足は左から手とは逆に出る。どうかすると、右手につられて右足から踏みだす子がいる。右手右足、左手左足、あやつり人形のようにいっしょに動く。

上級生が気づいて、くすくす笑いだした。

早く手と足をばらばらにしなくちゃ。それでも、リズムにのってしまった手足は、その子の思うようにはならない。と、うしろの子も、そのうしろでも、手足そろったアヒルの行進が始まった。最後の野枝は、それまでふつうに足踏みしていたのに、歩きだしたとたん、へんてこになってしまった。

先生はさすがに笑いだすのはおさえて、声をかけた。

「止まれえっ」

手と足をなでさすって、生徒たちは首をかしげる。

「おいち、に。おいち、にっ」

こんどは先生がお手本になって、進み始める。そうして、みんなは、いつもより足音高く廊下を渡って教室へ帰ってきた。

回るレコード

「だれか、前へ出て歌える人は？」

オルガンのそばに立って、先生がいった。みんなだまっている。教室のすみで、野枝もうつむいてじっとしている。こんなとき、先生の声は耳を通りぬけていくだけで、野枝は自分にかけられた声とは思っていない。前に出て歌うなんて、はずかしくてできっこない。

野枝は身じろぎした。そのひょうしに、右腕がほんの少しあがった。

「はい、杉森さん」

音楽の時間だけ受け持っている女の先生は、はずんだ声をかけ、手まねきする。野枝はびっくりして立ちあがった。どうしよう。歌うつもりなんてないのに。

先生は、いまおさらいしたばかりの歌の伴奏をひいた。オルガンの横に立った野枝は口をひらこうとして、ほてった顔がますます赤くなるばかりだ。
「じゃ、なんでもすきな歌を歌ってごらんなさい」
野枝の頭の中で、小さなレコードが回りだした。家でくり返しくり返し聞いている童謡のレコード、あれなら歌える。
「〝まんまるお月さん〟歌います」
野枝は、やっとのことで答える。
〈まんまるお月さん、こんばんは
お空はよい晴れ　雲もない〉
首をかしげて、なみだがあふれそうな目をむりに見張って、声をつなぐ。
〈ひとりでにこにこ　さんぽなの
あしたも　天気を　よくしてね〉
拍手がおこった。野枝は先生の笑顔に思わず笑い返して、席にかえった。
「せんせ、わっちも歌う」

「おれもだぁ」

すきな歌が歌えるとなったら、あちこちから手があがり、教壇のわきに順番を待つ列ができた。

声をはりあげて流行歌を歌う子、聞きおぼえの歌を一節ずつとまったりひきかえしたりする子。ひとり終わるたびに、野枝は一番大きな拍手を返す。とうとう、また席を立って、列のうしろに並んだ。さっきのレコードの裏面を歌わなくっちゃ。

のびのびと、野枝は歌った。のどの奥から白い玉や青い玉がころがりでて、はじけて散っていく。姉たちと、家で歌っているようにじょうずに歌えた。

終わって、野枝はおどろいた。いくらでも歌いたいのにおどろいた。まっすぐ友だちの列についた野枝の胸の中で、くるくると、こんどは別のレコードが回っている。

遠　足

前を歩いていくMさんのせなかで、荷造りひもを編んで作った背負いかばんがゆれる。底のほうに新聞で包んだ小さい包みが一つ、さっきから右へ左へころげている。

「あれ、つっついてやれ」

棒を持った男の子が二人、野枝の列にわりこんできた。Mさんのかばんの編み目をねらって、ふざけあう。

「やめなさいよう」

野枝は、あいだをつめて列を整え、男の子たちを追いだす。野枝の背では、ランドセルが音を立てる。遠足だからといって、リュックサックを背負っている子は数えるくらいしかいない。水筒をさげている子はもっと少ない。いつもなら、Mさんのひも編みかばんには、帳面が一冊はいっているだけで、弁当はないのだけれど、きょうは遠足だ。紙包みのなかみは、おにぎりらしい。

海を見渡す丘の上についた。

「海岸にはおりないように。先生から見えないところに行かないように」

注意があったあとで、お弁当になる。野枝たちは輪をつくって、草の上にすわる。たくさん歩いたせいで、おなかがすいている。

Mさんはひとり離れて白い浜菊のさいている草むらにすわった。新聞紙を開いてびょうぶのようにたて、そのかげでたべている。野枝は、きょうだけは麦のはいっていない白いにぎりめしをとりだす。

いなりずしをぱくつく子、だいじなものを扱う手つきでゆでたまごをむいている子。代用食ばかりたべているはずなのに、遠足のごちそうがひょいひょいとでてくる。それだけではない。どこから手にいれたのか、キャラメルまでとりだす子が現れた。

「先生、これ、たべて」

てのひらに二つぶキャラメルをもらった先生は、みんなの注視を浴びて弱りきっている。

「あげる、先生」

「これも」

塩せんべいやら青いリンゴやらが、たちまち集まった。

野枝は、かばんの中をさぐった。にぎりめしのほかには、カンパンしかない。ひとつかみポケットにいれて、先生のそばへいく。

でも、野枝は「これ」と、さしだすのをためらう。カンパンなんてめずらしくもなんともないもの。

二度、三度、先生のまわりをまわってもどりかけた野枝の耳に先生の声がきこえた。

「おや、これは、だれがくれたのかな」

ふりむくと、先生はカンパンをひとつ、つまんでいる。野枝はあわててポケットをさぐった。指が二本つきぬけるほどのあながあいている。手のあせにまみれたカンパンは、そこからひとつ落ちたのだ。

「野枝ちゃんか、ごちそうさん」

先生は赤くなった野枝に、さけんでよこした。泣き笑いの顔で、草の根をとびとび、野枝は円陣に帰った。

先生のおつかい

「杉森さん、ちょっと」

午後の勉強が始まる前に、担任の先生が野枝を呼んだ。

「おうちまで、つかいにいってくれないか」

こっくりした野枝の前で、先生は目をふせて小さい声になる。

「お母さんに、ね。たばこをいただけたら……と」

「はい」

野枝は、またうなずく。けれども、教室を出る足はのろのろと、元気がない。大すきな国語の時間だというのに、どうして、いま、おつかいにいかなくちゃいけないんだろう。野枝の家は通学区のはずれだ。小さな足で、往復一時間もかかる。

静まりかえっている学校を出ると、晴れてあたたかい野辺の道が続く。ランドセルもくつぶくろもない身軽さで、とびはねる。

だが、家が近づくにつれて、心の中にぽっちり暗い雲がわいてきた。

「たばこ、あるかなあ」

とうさんは、たばこをすわない。だから、家には配給のたばこがたまっていく。いつか、かあさんが先生に、そのたばこをあげたことがあるのだ。野枝はN先生の服にしみこんだたばこのにおいが好きだ。それはよそのおとうさんのにおい、いや、おとなの男の人のにおいだ。

野枝たち姉妹は、ときどき、スルメの足で〝たばこふかし〟をする。ちぎったスルメの足一本をたばこにみたててくわえ、火を借り合う遊びである。人さし指と中指ではさんだスルメのこげた足先をすりつけ、口をすぼめて、うまそうに一服、吸って吐いて——というパントマイムが、口の中でふやけた足をかじりつめて短くなってしまうまで続く。

いま、先生に持って帰るのは、スルメじゃなくて本物のたばこだ。とんでもない時

間に帰ってきた野枝の用をきいたかあさんは、

「どうしよう。タロおじさんにぜんぶあげてしまったところだわ」

と、困った顔をした。野枝は、もっと困った。

「いやだ、たばこを持ってかないと、学校にもどれない」

「それじゃ、かわりになにか……。そうだ、コテボの豆缶がある」

ラベルも何もはっていない、うすい楕円形の缶詰を二つ包んでくれた。

「このつぎはきっととっておきますって、いうのよ」

野枝は、それでもふくれて、家を出た。長い道をいくうちに、缶詰はだんだん重くなる。

「こんなもん」

腹立たしくなって、缶詰を石にぶつけた。先生が悪いのか、かあさんが悪いのか、ぐずぐずおこっている自分が悪いのか。ああ、でも、でこぼこになった缶詰は、なんだかかわいそう。

野枝は、なみだをふき、豆の缶を包みなおして、学校への坂をのぼった。

山の上の家

山の上に、ぽつんと一軒、家がある。茂った木々にうもれて、トタンや石をあちこちにのせたわらぶき屋根が見える。遠目にもそまつな小屋がけの家だ。

「だれが、住んでるの」

野枝は、かあさんにきいた。

「さあね、おじいさんと……、あと、だれだろ」

そう、少し腰の曲がったおじいさんらしい人影なら、野枝も見かけたことがある。上の方の畑に出て働いている黒い点の姿が、虫のように一日中同じところにはりついていた。

山の上には、高圧線の鉄塔が何基もたち並び、野枝たちはそこに近づかないよう、

きつくいわれている。強い電気が流れてるんだからね。下に行っただけで黒こげになってしまうんだよ。でも、おじいさんは鉄塔のそばの家に住み、その下を通って畑に行っているようだ。だれもこない山の空には、トンビが輪を描いている。黒こげにもならずに、舞っている。

野枝は、山の上の家を眺めながら考える。（おじいさんのほかの人って、おばあさん？　ごはんつくったりせんたくしたりして、あの家の中にいるのかな）

そういえば、いつか早起きした朝、あの家の前に白い人が立っていたことがあった。白い着物を着て、白い頭で、顔も手も足もまっ白みたいで……。

（あれがおばあさんだったら、病気なんだわ。肺病で、ずっとねてるのかもしれない）

野枝は、思わず身ぶるいする。谷間の社宅街には、もう夕闇がしのびよってきた。だが、いま、山の上の家は夕やけに映えている。おそろしい病人などいそうもない金色の世界を、金色の鳥がゆっくりまわっている。

幾日かして、野枝は谷川で笹舟を流して遊んでいた。進君やメコちゃんの舟は流れにのってどんどん下るのに、野枝の舟は、さっきから沈没したり、よどみで休んだり、世話がやける。

「やっちゃん、早くこいよう」

「いま、行くったら」

野枝は向こう岸にうちあげてしまった舟をとりに、はだしになって川をこぎ渡る。笹舟を拾い上げたとき、そこから草をふんでいく道をみつけた。上へ行く坂道、山の上の家へ行く道だ。

そばの笹やぶがゆれて、黒い人影が現れた。大きなかごを背負い、草かりガマを片手に、ひょこひょこと歩く。

（おじいさん！）

野枝は声にならない声をあげた。老人はふりかえって、流れにつっ立ったままの野枝を見た。トビの目だ。鼻もトビのくちばしのように曲がっている。

（足、わるいの）

ぼろをはぎあわせたはんてんの下から、まっすぐな棒の足がでている。片足はももひきに包まれ、す早く動くのに、あめ色の木の足は音をたてて地面をつつく。それでも、老人は、あっというまに草のトンネルをくぐりぬけ、遠く登って行った。

野枝は水をはねちらかして岸にもどり、ぬれた足にげたをつっかけて、みんなを追った。

「山の上のおじいさん、見ちゃった」

「へええ」

「おっかなかったべ」

みんながいうのに、野枝はうなずくだけでだまってしまった。足がわるいことも、トンビみたいな老人だったことも、なぜかいえない。それに、山の上の家へ行く道をみつけたことも秘密だ。

野枝は、いつか山の家へ行ってみたい。こわいけれど、行ってみたい。こんやも、谷間の上のくらがりにトンビの赤い目のような小さい灯がともっているのを見つめながら、こっそり思っている。

ママハハはこわいか

お向かいのまりちゃんは、野枝と同《おな》い年の女の子だ。でも、同い年には見えない。まだ学校へ上がっていない子と思われるほど小さい。手足がほっそりやせ、顔色もよくない。おかっぱの長い髪はまっすぐで、いつも頭をかしげては困ったような表情をする。そして、いつも赤んぼうを背負っている。

赤んぼうはふとって、まっかなほっぺをした男の子だ。手足をばたばたさせてそりかえると、まりちゃんのほうがあおむけに倒れそうになる。重い荷物をしょったまりちゃんは、石けりもマリつきもできない。ほかの子たちは、子守りをしながらでも、じょうずに遊んでいるのに。

野枝は、子守りをしたことがない。妹の弓枝は三つ下だから、野枝が赤んぼうをおんぶできるようになったころには、もう赤んぼうではなくなっていた。弓枝を、それに野枝をおぶって守《も》りをしたのは、長女の一枝《かずえ》や次女の桐枝だ。

「ねえちゃん、わっち、重かった？」

と一枝に聞くと、

「重くて、重くて。ごしょいものふくろしょってるみたいだった」

おおげさな返事がもどってくる。

野枝は、子守り姿をしてみたい。長い帯を胸でばってんに交わし、ねんねこを着て、手ぬぐいを頭のうしろからまいておでこの上できりっと結ぶのだ。

まりちゃんは、学校から帰るとすぐに、その姿になって現れる。

「また、守りかい！　かあさんは、ねてんだろ」

近所のおばさんが、いう。おばさんは、そのあと野枝のかあさんのところへきて、

「あそこはママハハだからねえ」

と声をひそめていったりする。

ママハハでもなんでもいい。ほんものの赤ちゃんをおぶわせてくれる人がいればいい

いなあ。年中、子守りさせられるのはいやだけど、ときどきならやってみたいなあ。

野枝は、まりちゃんがうらやましい。

そのまりちゃんが、ある日、外でころんだ。せなかの赤んぼうが、泣きさけんだ。

まりちゃんのかあさんは、玄関からはだしでとびだしてきて、赤んぼうをむしりとった。

「おお、いたかったろ。なんていうねえちゃんだろうね」

まりちゃんをにらみつけ、赤んぼうをゆすりながら、家へはいってしまった。びっくりして泣くこともあやまることもできないでいるまりちゃんのおでこに、みるみるたんこぶが盛りあがった。

「まりちゃん、だいじょうぶ?」

野枝たちが聞くと、まりちゃんははじめて痛そうに顔をしかめた。右肩を下げて、しくしく泣きだした。すりむいた腕がぷらぷらしている。

「あ、手、おれた」

男の子が、さけんだ。

「たいへんだあ」

野枝は、かあさんのところへかけこんだ。

まりちゃんは病院へつれていかれた。ほうたいでぐるぐる巻きにされた腕を、首から布でつって、子守りもしなくなった。

野枝の家では、

「ママハハって、こわいんだねえ」

と、桐枝がいいだした。

「うちのかあさんも、ママハハみたいなときあるもんね」

美枝がいった。すると、一枝が、

「そんなこと、いうもんじゃないよ」

と、台所のかあさんを気にした。

「もしかしたら、かあさんだって、ママハハかもしれないんだから」

桐枝は大きな目を見開き、声を低くした。

「いつもさ、ねえちゃんとわっちと、買い出しの切符買うのに駅へ並びに行かされるっしょ。あんなに朝早く、子ども起こしといて、かあさんはまた寝るんだよ」

「だって、買出しに行くのはかあさんととうさんだもの。汽車に乗って遠くまで行くんだから、寝ておかなきゃ」

一枝は、妹たちをたしなめる。

「そうかなあ」

疑《うたぐ》り深く考えこんだ桐枝が、いい放った。

「じゃ、ねえちゃんだけ、かあさんの子だ。」

一枝はあきれた顔をして、だまる。おどろいたのは野枝だ。姉たちのしかけたおとし穴に、いきなりつきおとされた。

「かあさんは、なんでも、ねえちゃんに一番先にやるもんねえ」

桐枝のことばに美枝はうなずき、ふたりは野枝のそでをひっぱって味方に引きよせた。そして、三人は、かわいそうなママっ子になった。

一枝は、ぷいと、台所へたっていく。

「ね、いいに行ったっしょ。いいわ、これではっきりわかった」

桐枝は美枝と野枝の先に立って茶の間を出ると、一番下の弓枝が昼寝をしている奥の部屋に導いた。

夕飯のとき、ママっ子たちは、だまってごはんを食べた。自分の皿のおかずが少ないか、一枝のと見くらべた。ママハハにいじめられたら、いっしょにどこかへ行ってしまうことにしていた。けれども、かあさんはいつものかあさんだった。

しばらくたったある日、野枝は奥の部屋のしょうじに「ママハハ」という字を読んだ。それは、あの日、桐枝がコンパスの針の先で紙をぷつぷつとつついて描いた点の文字だった。桐枝も美枝も、それをすっかり忘れている。

（かあさんがハタキをかけたとき、みつけたかもしれない）

野枝は、あわてた。いま、かあさんは、茶の間でお向かいのおばさんと話しこんでいる。とにかく、なんとかしなきゃ。消しゴムで消せるいたずら書きじゃないし、野枝は、部屋の中をうろうろ歩きまわり、考えた。桐枝のコンパスを持ってきて、小さなマルを二つつけたした。

「ママパパ」

お父さんのことを「パパ」と呼ぶ女の子が桐枝の読んでいる少女小説にでてくるときいたことがあった。「ママ」とか「パパ」とかいうかあさんやとうさんって、どんな人なんだろう。きっと、とてもやさしい人だ。

野枝は、しょうじの字を拾い読みしながら思う。茶の間で笑い声をたてているお向かいのおばさんは、ほんとにママハハなのか、ママハハはこわいのか。こんど、まりちゃんに聞いてみようかな。腕がなおったまりちゃんは、重たい赤んぼうを、また、かわいい子守り姿で守りしている。

門の柱

門の柱によりかかると、背中がどっしりあたたかい。とうさんの厚い背にもたれているようだ。野枝は、くるりと体をまわして柱に見入る。両手で抱きかかえられる丸い木の柱、ひびわれ、くぎでいたずら書きされて、きずだらけの柱だ。でも、灰色のざらりとした木肌は、かすかに毛ばだって、てのひらにふしぎにやさしい。雨や風がなんどもなでていったからだろうか。みんなが背中をこすりつけてみがいてきたからか。

柱の根元を黒いアリが一匹歩いている。わき目もふらずに十センチほど行くと柱を見上げる。

（どんなふうに見えるのかな）

野枝はせいいっぱいかがんで、首をねじ曲げ、アリになったつもりで門を仰ぐ。

「高い」

と声を上げ、目を丸くする。アリは頭を一つ下げ、同じ方角に歩きだす。

小さかったとき、門の柱はもっと高く空をつき上げて見えた。アリが見るほどじゃないだろうけど。

妹の弓枝がよちよち歩きのころ、かあさんがよくいっていた。

「門から外へ出ちゃだめ」

野枝も、きっとそういわれて育ったのだ。門の柱は、幼い子が遠くへ迷い出ないよう見張り、とうせんぼの手をおろしていた。

いまはもう、野枝も弓枝も玄関を出ると、門の柱なんか見もしないで、自由にそこを通りぬけ、遊びに行ってしまう。どこまでも行ってしまう。帰ってくるときも、家の目じるしはなくていい。野枝はイヌの子のように、においをあてにもどってくる。

でも、きょうは遊びに行かない。日だまりの柱のそばにじっとしていたい。ほんと

うは遊ぶ友だちがみつからないのだけれど、野枝はひとりで満足している。背中をあわせて語らう古い友だちをみつけたから。

床下のひょろひょろ草

はめ板のふし穴からのぞくと、床下はまっくら。黒い布がはってあるように、まっくら。野枝は、てのひらでまぶたをおさえ、闇に慣れた目を、また、そっとふし穴にあてる。

まっくらの中に、なにかある。なにかいる。片目じゃ見えないけれど、目玉にひんやり風がくる。

(昼の世界には出てこないで、床の下にかくれているもの、なあんだ)

野枝は、はめ板によりかかって、いまのぞいた、まっくらの中に住んでいるものを考える。

(手もない、足もない、つめたい風の息ばかり)

わからない。なぞなぞにすると、なおわからない。

こんどは、ふし穴を少し高いところからのぞきこむ。地面が見えた。はめ板がずれているのか、ほそい光の帯が地面に落ちている。そこに一本、ひょろひょろと草がはえている。やっと立ち上がったというように、葉をおよがせ、光の方へ頭をさしだして。

「なあんだ、草」

野枝は、ちょっとがっかりしたが、痛くなってきた目をうんと開いて、うすあおい草に見入る。まっくらの中に根をはって、ひゃっこい風にゆれながら、ひょろひょろ草は、板のすきまから外の光の世界をのぞいている。ちょうど、野枝がふし穴から暗い床下をのぞきこんでいるように。

溝の中の吸血鬼

台所の流し水は、板囲いの溝を流れて土管へ落ちていく。かあさんがごはんしたくを始めると、米のとぎ汁が、ふたのない狭い溝いっぱいに白くにごったさざ波を立てる。イカのゆで汁は赤くて、きれいだ。湯気をたてて流れてくる。においにつられて、ノラネコが溝に鼻をつっこむが、口にいれられるものはなんにもない。ときどき、ふやけたごはんつぶを拾いに、スズメがやってくる。

昼下がり、溝の中はしずかで、うっすらはえたコケの上を、澄んだ水が動いている。水の中に目をこらしていた野枝は、赤い糸くずのような虫をみつけた。頭（もし、頭なら）を溝の壁につけて、しっぽ（もし、しっぽなら）をふらふらゆすり、ダンスをしている。

（ミミズ？　ミミズの赤んぼ？　ううん、ヒルかもしれない）

野枝は、このあいだ南の島から帰ってきた兵隊のおじさんが話してくれたことを思い出す。

ジャングルで、ヒルに血を吸われた話。痛いのか、かゆいのかわからない、はねまわりたくなるほど、ぞっとする話。

（ヒルだ、ヒルがいた）

野枝は、かってにきめる。こんな血の色をしているんだもの。血、吸った虫にちがいない。

野枝は、短い棒を拾ってきて、こわごわ虫に近づける。とたんに、一匹だと思っていた虫が二匹も三匹も、十匹も目にはいった。いや、無数にいる。赤い房ができそうなほど、泳いでいる。

棒をなげだして、立ち上がる。しびれた足で、やっと一歩だけ溝から離れる。ジャングルよりこわいうちの溝から。

光るマサカリ

ひみつのたからものは、防空壕のコンクリートの壁のすきまにかくしてある。野枝のものではないから、さわったことはない。それを拾ってきたのは、次女の桐枝だ。

「アメリカの、だからね。英語がほってあるんだ」

桐枝は、とくいそうにいう。

「隠しておかないと、だめ。おとなにみつかったら、持ってかれるから」

それで、たからものを見るときは、おとなやおとなにいいつけそうな子どもがいないか、よくたしかめることになっている。

きょう、野枝は、進君やメコちゃんたち男の子にせがまれて、防空壕にはいった。

「だれも見てなかったっしょ」

と、一番うしろからきた進君に念をおす。おとなもそうだが、野枝は桐枝にみつかるのも困る。だいじょうぶ、桐枝は理科クラブでおそくなるはずだもの。

野枝は、そろそろと、くらいすきまに手をいれる。ぼろ布のはしをにぎってひきずりだす。なんという重さ、野枝ははじめて、それを両手に持った。布をはがすと、銀色に輝く金属のかたまりがでてきた。赤んぼうの頭くらいもあるかたまりは、ななめにえぐられたへリが、といだように鋭い。

「マサカリみたいだな」

進君がいった。メコちゃんも目を見張って、

「ほんとだ。光ってる」

と、おどろく。

「すごいっしょ」

野枝は人さし指をつきだし、マサカリの刃にすべらせる。体中に、しびれる波が走り、いまにも指がぽろりと落ちそうな気がしてひっこめる。

「これ、どこにとんできたんだって?」

「うちのすぐ横。もうすこしで、かあさんにあたるとこだったんだ」

三人は、野枝のかあさんの胸に、マサカリの刃がとびこむのを思って、顔をしかめた。

「でも、戦争のときは、こんなの、ぼんぼんふってきたんだから。これ、大きな砲弾のかけらなんだって。山の向こうがわにおちたのがはれつしてとんできたの」

野枝は見たわけじゃない。よちよち歩きのころだったけれど、防空壕の中で遠い地響きをきいたような気がする。それは、はるか海上からアメリカの艦隊がうちこんでくるカンポーシャゲキだったというおとなの話に結びつく。桐枝が運んでおいてくれた、このたからものは、その証拠品だ。

「おれ、ソカイ*しなきゃよかった」

メコちゃんは、たからものの英字をなぞりながら、ため息をつく。

「ソカイしなかったら、このたまのかけら、メコちゃんにどしーんってあたってたかもしれないよ」

「そんときは、おれ……にげるもん」

あんまり自信はなさそうに、メコちゃんがいった。そうだ、戦争って、たからものと引きかえに命をとっていくのかもしれない。かあさんにあたりそこねたこのたからものは、ただだけど。野枝は、いま空を引き裂いてきたように光るマサカリが、不気味になる。

＊ ソカイ……疎開のこと。学童疎開が行われなかったので、親が地方の親戚や知人を頼って子どもを預けた。

ナデシコたち

マリちゃんのうちが引越して、お向かいに新しく高田さん一家が移ってきた。大きいおねえさん、小さいおねえさん、野枝と同じとしのゆう子ちゃん、妹ののりちゃん、女の子が四人いる。野枝たちの五人姉妹にはひとり不足だけれど、玄関に並んだげたの鼻緒は色とりどりだ。

はじめの日、近所の子どもたちは、野枝のうちの前へ集まって遊びながら、お向かいの開いた戸の内をちらちらのぞいていた。だれかが、わざと門の中へマリを転がして、とりにはいっていく。そのうち、玄関の戸が内側から音をたてて閉じられた。みんなは顔を見合わせた。

あくる日、野枝は裏山のがけ下で、高田さんの下のふたりがスコップを手にして、しゃがんでいるのをみつけた。

「あ、花とってる」

そばにいた弓枝がいうのを聞いたのか、ふたりはひとかかえも掘り上げたナデシコの花を持って、さっさと帰りかけた。

「それ、うちのねえちゃんが、先にみつけたんだよ」

野枝はいった。

「だって、こんなとこに咲いてるんだもの。山の花でしょ」

思いがけないことばが返ってきた。野枝たちは、ナデシコでも、かむとすっぱい味がするスッカンコの草むらでも、なんとなく最初の発見者のものと認めあって、手をださない。だまって一、二本もらうことはあっても、根こそぎとって持ち帰るなんてことはしない。

野枝と弓枝は腹を立てた。淡いもも色の花をやっと開きかけたそのカワラナデシコは、桐枝のすきな花、桐枝のゆるしなしにとってはいけない花だ。ふたりは、わずかにのこった花を負けずに掘り返し、うちの庭に移した。

「どうして、こんなことしたの」

桐枝は、おこった。

「ばらばらにしたら、みんなしおれちゃうんだから」

その通りだった。野枝と弓枝がどろんこになって水をやったのに、ナデシコは二、三本根づいただけで、みすぼらしい花になってしまった。

ゆう子ちゃんとのりちゃんが門のそばに植えたナデシコも、ほとんどが枯れた。

「ほんとに、あんたたちったら、ばかだ」

桐枝は、野枝になにもいわせない見幕で、四人をいっしょくたにして怒っている。

ばかな女の子のけんか。ナデシコをとりあったりして。

野枝は、きょう、ゆう子ちゃんとあれからはじめて口をきいた。

「だめにしちゃったね」

「山においとけばよかったね」

ふたりは、ナデシコたちとおなじようにしおれて、なぐさめあった。

宝のひきだし

野枝のうちでは、中学生になった一枝だけが、自分の机をもっている。とうさんの古い机で、片側にひきだしが四つもついている。ひきだしはまだ全部あけわたされてはいなくて、一枝が使えるのは一番上の一つだ。

妹たちはみんな、ちゃぶ台で勉強する。だいじなものをしまっておくひきだしのかわりに、かあさんからもらった箱を持っている。桐枝は赤いぬりの箱、美枝はビスケットの古い空き缶、野枝はそまつなボール紙の菓子箱。

「きせかえしよう」

と、美枝から声がかかると、野枝はその箱を持ちだす。ふたりの箱は、自分たちで作ったきせかえ人形の紙の服やふとん、少し厚い紙に色をぬって切りとったナベ、カマ、チャワンなどでいっぱいだ。

ある日、野枝は、一枝の机の前の回転いすを勢いよく回して遊んでいた。ねじ式のいすは、まわりきるとがくんと止まり、欲張って高くしすぎるとはずれてしまう。具合をはかりながら、まるで回るコマにのっているように、はずみをつけて右へ左へまわし続けるのはおもしろくてやめられない。

ふと、いすが机の正面でとまって、一枝のひきだしからなにかのぞいているのが見えた。黄色いリリアンの糸だ。ひっぱると、糸はいくらでもくりだしてくる。野枝は、そっとひきだしをあけた。リリアンの束は、赤、青、白とそろっている。千代紙もある。ビーズで作りかけた指輪、おはじき、おしろい紙、うすいハンカチに包んであったものは、かあさんの鏡台からとってきたのか、すりへった口紅である。

ねえちゃんの宝ものだ。一枝が友だちと交換しあうのは見ていたけれど、こんなにいろいろためていたなんて。

野枝は赤と白のビニールひもで編んだ腕輪をひとつとり、二重にして腕首にまわした。ひきだしをしめ、机の前を離れた。

「だれか、わたしのひきだし、あけたっしょ」

夜になって、一枝がいった。

「しらなーい」

妹たちは口々にこたえる。

「だまっていじったり、とったりしたら、すぐわかるんだから」

いつもはおとなしい一枝が、つよい口調でいった。野枝はポケットにかくしてある腕輪を奥へおしこみ、じっとしていた。

「ねえ、だれか、おべんじょいかない？」

ねまきに着がえてから、一枝がさそった。

「ついてってくれたら、色紙あげる」

「何枚？」

桐枝がねどこの中からきく。

「一枚さ」

「なんだ。いかない」

するると、野枝がむくっと起きあがった。

「いく」

姉の先に立って、体をちぢめ、寒い台所へ出る。ふろ場の横の暗いろうかを、行き止まりまで走る。便所の戸によりかかった野枝は、なかの一枝に話しかけた。

「色紙いらないから、腕輪ちょうだい」

「…………」

「ねえちゃん、あんね……」

「いい、あげる。あげるけど、その前にごめんっていいなさい」

一枝は、くらがりでくすんと笑った。野枝は戸に頭をごつごつぶつけながら、「ごめん」といって笑った。

海のおやつ山のおやつ

　軒下に張ったなわひもに、なまかわきのコンブがかけてある。きのう、とうさんに海へつれていってもらった桐枝と美枝と野枝が一本ずつとってきたものだ。波うち際の水から引き上げたときには、ぬるぬるすべる茶色の分厚いコンブ一本をもてあました。三人は、とうさんのゲートルを巻いておくときのように、はしからかたく巻いて持ち帰った。一日干したコンブは、黒く色が変わり、白い粉をふきはじめている。

「もういいかな。わたしの」

　桐枝は、根っこのついた一番長いのを、うらがえす。美枝も野枝も、自分のコンブを、せっせと陽にあてる。

　そのたびに、三人は、コンブの表面につもった粉をなめる。甘塩っぱい、だしのきいたあじ。おなかのたしにはならないけれど、粉をなめつくしてから、コンブをかじるんだ。

でも、白い粉はなめてもなめても、陽にあてると、またふきだしてくる。陽にやけた浜のにおいもする海のおやつの楽しみは、長い。

野枝たちは、山のおやつも大すきである。春、土手がやわらかな緑にうまったころ、ほうれん草の子どもみたいな葉っぱのかたまりをみつけると、もうつばがこみあげる。すっぱい、すっぱいスッカンコだ。

おなじようにすっぱいのをむりしてたべるのは、裏山の斜面にはえるイタドリの茎だ。根元のほうからかたくなってくるから、やわらかそうな上のほうの皮をむいて、うす緑の水気の多い茎に塩をつけ、かりりと音をたててかじりつく。すぼめた口の中に、さわやかな夏がきている。

青いクワの実が、血の色に染まっていくのも夏といっしょだ。雨のあとのかさなりあった葉のかげに、赤をこえて黒い色にうれたのをみつけると、みんなは安心してたべはじめる。こうなれば、つゆもたっぷりと甘い。

「わっ、やっちゃんのくち、ブスいろだ」

「あんただって」

クワの木の下から、白い服の野枝は逃げだす。でも、もう遅い。肩にも胸にも、きれいな紫色のしみがついてしまっている。

赤い実だって甘い。庭のグミの木に鈴なりになる実は、ルビーっていう宝石にそっくり。たべるのがおしい。

まだまだ、赤い実がある。クマイチゴにヘビイチゴ。やぶをかきわけて、いたいトゲトゲに守られたクマイチゴをとりにいく。夏の初め、白い花が咲いていたあとに、ビーズのつぶをぬいあわせた赤い帽子がひとつずつかぶせてある。小さな帽子の実をつまんでいくと、片手はたちまちいっぱいになる。

草むらの中のヘビイチゴは、かわいい実。赤い実をわると白いクリームをあわだてたような肉がある。したにのせたら、とけてしまいそう、おいしそう。でも、ヘビイチゴはヘビがたべるんだって。たべたら、野枝もヘビになってしまうんだ。

秋の山には、おやつがたくさんだ。山ブドウやコクワを、おとながせっせととりにいく。負けてはいられないから、野枝たちは、みつけたコクワの木に指定席をつくる。まがった幹が目印の席から見上げると、青いぽってりとした実が、あけた口の中へおちてきそうなほどなっている。

（でも、まだとっちゃだめ。しぶいんだから）

野枝はサルカニ合戦の絵本で見たカキの木を思い出す。

（青ガキ、シブガキ、カニにやろっていうけど、もったいないな。青いのだって、うれておいしくなるのに）

海から、山から、おやつをとり歩いていても、いつもおなかがすいている野枝は、青い実のうれるまで、じっと待つ。

くしだんごのたべかた

「野枝ちゃんはなあ、小さいとき、くしだんごを、たてに、こう持って、上からたべたんだよな」

久しぶりでたずねてきたおじさんが、話しだした。

「一つめは、いい。二つめは……。くしがのどにあたるもんな。げえっとやって、目をしろくろさせてるのさ。あははは、は」

おじさんは、大げさな身ぶり手ぶりで、たべるまねをしてみせる。まわりにいた姉妹たちは、ふきだした。

「やっちゃんって、ばかまじめだからねえ」

桐枝が、いっしょになって笑っている野枝をつついた。

「だけど、わっち、しらないよ。ぜんぜん、おぼえてないもん」

「そうか、じゃ、三つめはどうやってたべたか、教えてやっか」

野枝は困ってしまう。まっすぐに持ったくしから、小さな口で三つめのだんごをたべようとすれば……。わたし、それでもまだ、くしを横にしてたべることをおもいつかなかったんだ、きっと。

「おじさん、早く教えて」

妹の弓枝が、おじさんのひざをたたく。

「あのな。野枝にいったのさ。『それじゃ、たべれないだろ』って。そしたら『うん』って、おじさんにだんごを渡した。そこで、おじさんは、こうして横にして、ぱくっとくってしまった」

「ずるーい」

「かわいそう、やっちゃん」

みんなは、おじさんの眼鏡をとりあげたり、かたにのったり、耳をひっぱったり、大さわぎになった。

おじさんの話は、いつも、どこからどこまでがほんとうなのか、わからない。ウソがまじっているのに、見破れない。戦争から帰ってきたときは、とうさんやかあさんもいる前で、こんな話ばかりしていた。

「戦地には、あずきがざくざく、さとうも倉庫にふんづけて歩くほどある。だから、よく、大ナベいっぱい、汁粉作ったさ。長いひしゃくでかきまわして、ついでに鼻水もちょっとたらしてまぜたらうまいのなんの」

ふっくら小豆がにえて、あまいにおいがしてくる話に、おとなも子どもも、思わず、つばをのみこんだ。

「ようし、おまえたち、そんなにおじさんをいじめるんなら、こんどはどっさりくしだんご買ってきて、おとなしくしている野枝ちゃんとふたりだけでくっちまうぞ、そうするべな、野枝」

「うん」

野枝は笑ってうなずいた。それも、どこまで本当か、当てにはしないけれど、くしだんご、たてにたべたり、よこにたべたりしてみたいな。

えんとつそうじさん

　昼間でも部屋のすみがすうすうと寒くなるころ、野枝は茶の間の出窓にあがって遊ぶ。ガラス越しのお日さまと、うつし絵なんかして遊んでいると、せなかや手足があたたまる。

　でも、すぐに夕暮れがきて、こんどはどこへ行こうかとへやをうろついたあげく、湯気の立ちこめる台所にする。ごはんがたけたところで、運よくおかまの底にコゲができていると、かあさんにおにぎりをねだる。ほかのきょうだいにみつからないように、こっそりほおばるコゲのおにぎりは、おいしい。

「たべて、かあさんも」

　つけものをきざんでいるかあさんの口に、コゲを一かけらおしこむ。冷たい水で指先を洗い、ハエのように手足をすりあわせる。

「寒いでしょ。明日、えんとつやさんがくるからね」

「わあ、ストーブつけるの」

ごはんのおひつを抱いた野枝は、茶の間へそれを運びながら、ストーブのぬくもりが胸によみがえってくるような気がする。

つぎの日、野枝は学校から急いで帰ってきた。えんとつやさんは、社宅を一軒一軒まわって、おとなりへきたところだ。

野枝の家では、かあさんがストーブやストーブ台を物置から秋の庭へひっぱりだしている。

えんとつやのおじさんは、高いはしごにもなるふみ台をかついでやってきた。ストーブをすえつけるには、何本ものえんとつを曲がりでうまくつなぎ、壁のえんとつ穴から外へだして、高いスレートのえんとつにしっかりはめこむ。それでも、風のつよい日には、すこしのすきまからでも吹きこんで、ストーブが煙をへやの中にはきだしたり、赤い火の舌をだしたりする。

「これ、もう一冬もたせようと思って」

かあさんが、銅《あかがね》の湯わかしを運んでくる。

「ああ、上等だよう」

おじさんは、ストーブのうしろに湯わかしを組み合わせて、新しい針金できりっと結ぶ。

すっかり仕上がった。かあさんが洗いおけに水を汲んできて湯わかしに入れ、火をたきつけた。

「よく吸いこんでるな」

えんとつやさんは、わたいれの大きな手ぶくろで、えんとつをぽんとたたき、満足そうにひげの中でわらう。

「さあ、きょうから、ここでとんだりはねたりできないぞ」

「うん」

野枝は、おとなしくうなずく。えんとつやさんは、えんとつがすすでつまったころ、そうじにきてくれる。冬のあいだ、なかよくなるおじさんだ。そして、秋のさいごの日にやってくる、冬の配達人だ。

ツララ　ララ

冬の朝、かあさんといっしょに起きると、部屋の窓ガラスがぜんぶいれかわったように、ゆうべとちがってにぎやかだ。草の葉もようが一面にはりつき、氷の花がガラスに咲いている。

ストーブに火がはいり、ぬくぬくと部屋があたたまってから起きだしたのでは、ガラスはあせをかいているだけだ。白いもよう入りの窓でかざられていた茶の間は、ふだんのつまらない茶の間にかえっている。

そんなとき、野枝はガラスの向こうをのぞく。外はまだだれもさわっていない雪の世界、なにもとけだしていない氷の世界だ。軒先にならんだツララが、きのうよりもふとく、長くなった。二、三本くっついてしまったのもある。

学校へ行くとちゅう、共同栓の蛇口のそばには、もくもくともりあがった氷の柱ができている。ライオンの口*から出た水がきれいなツララになっているのをもいで、ほおばる。男の子たちは、よその家の軒先から持ちやすそうなのを折ってきて、剣と剣をかまえてうちあいをやる。両方の剣がまん中から音をたててとんでしまっても、代わりのツララはどこにでもさがっている。

ある朝、野枝は、物置の屋根からならんでさがったツララに目をみはった。長いのから短いのへ、だんだんにぎょうぎよくそろっている。

「木琴みたい」

そうだ、あれをたたいたら、いい音がでそうだ。つい、このあいだ、とうさんが買ってくれた木琴は、一枝や美枝が離さないので、野枝は数えるほどしかひかせてもらっていない。

「ツララ　ララ」

野枝ははしゃいで、丸いあたまのついた木琴の打棒をとって、外へでた。ガラスの琴は朝日をうけて、にじの色に光っている。

「ド、ミ、ソ、ド、ソ、ミ、ド」

コン、コン、ゴンと鳴って、一番高いドのツララは、ひびく音といっしょに折れて落ちた。

「なにしてるの、野枝」

ランドセルをせおった美枝が、たっている。

「そんなもんでたたいて。だめ、しめっちゃうから」

かたをすくめて、野枝はきいた。

「いい音、した?」

「ぜんぜん」

美枝は、鼻で笑って、野枝のせなかをおした。

「早くしないと、おいてくよ」

昼、教室の窓ぎわの席で、野枝はツララのとける音に耳をすましている。ガラスの琴のほんとうの音は、とけたしずくがトタン板にあたる音かもしれない。

トン、タン、タンタン、トッタッ、ト

ツララ　ララ　ララ　ラ
ツララの音楽は、たのしい。

＊

ライオンの口……水道は各家庭に引かれていなかったので、町のあちこちに共同栓が立っていた。蛇口がライオンの頭の形をしていて、吼えている口から水が出た。

かるまっち

はじめにおかしなことばをつくりだして、杉森家の流行語にしたのは、美枝だった。

「わたしにも、かるまっち」

小さい弓枝が、美枝の手を洗ってやっているかあさんのそばにきて、うでをさしだした。

「やっちゃんにしてもらいなさい」

かあさんは笑いながら、野枝に、

「ほら、かるまっちだって」

という。野枝は弓枝の赤いセーターのそでをまくりあげて、細いうでをむきだしにし
「かるまっちして」

てやる。かあさんまでたのしそうに使った「かるまっち」というのは、こんなふうにうでまくりすることだ。

冬の夜、晩ごはんがすんで台所のあとしまつもかたづくと、かあさんはいくつかの湯たんぽをいれ、つぎに白いほうろうびきの洗面器に湯をくみだす。熱めに湯かげんをみてから、

「さ、手洗って」

と、こどもたちをひとりひとりさそう。

野枝は、たっぷりの湯に腕までつけて、数分間じっとあたためる。ひびのきれたところに、湯がしみこんでちりちりする。思わず手を浮かせてしまう痛さだ。

「だめ、がまんして」

といわれているうちに、痛みはかえって気持ちよくなり、五本の指を開いたり閉じたり、もみ合わせたりできるようになった。洗ったあとはタオルでよくふき、湯気のたつふくふくした手に、かあさんのクリームをすこしすりこんでもらう。寝る前に、こうして手を洗い、ついでに熱いタオルで顔もふく。それは北風ががさがさにした肌に

子どものやわらかさをとりもどすために欠かせない習慣だった。

でも、洗面器の前にすわるのはおっくうだし、シャツを着こんだそでをまくりあげるのはめんどうだ。小さい子にはひとりでうまくできないのに、手をぬらしてしまったかあさんは「さっさとして」とせきたてる。

ところが「かるまっち」がはやりだしてからは、早々とうでまくりした美枝や野枝、手伝う一枝や桐枝も集まってきた。ストーブのまわりで、うでをとりあってする遊びが始まる。

「オナベフモ。オ、ナ、ベ、フ、モ。オ、ナベ……。ベンキョウカだ。やっぱりね。」

桐枝が一枝の手首をにぎって、右と左の親指で輪切りにきざんでいき、ひじでとまった呪文をあてる。

「どれ、きいちゃんは」

一枝は慎重な手つきで桐枝のうでをゆっくりさかのぼる。

「……べ、フ、モ。オ、ナ、べ、フフ。フリョウ」

「わ、ずるい。まだでしょ、ひじおれないもん。ここでおれるんだから」

うでをふりあげて、大さわぎになる。

「ほれ、お湯こぼれた。やめて、やめて」

しまいには、かあさんにしかられる。そこでまたあしたのたのしみに、すんだ人からふとんにひきあげる。かるまっちして、洗って、ふいて、すっかりあたたまった手の先から、ねむりがやってくる。

あとつぎ

厳寒の夜、ストーブのないへやで寝るのは寒い。ふとんの中でからだがあたたまっても、鼻の先はいつまでも冷たいし、吐く息は白くこおって、布団の襟までごわごわしてくる明け方がある。

そんな夜にはいつも、かあさんがあとつぎをしてくれる。ふとんをしくとき、並べてとる床を、足と足をあわせて、たてにつなげるのだ。しきぶとんは三枚使い、下二枚のはしを半分までおりまげて上中央に一枚いれる。かけぶとんはさかい目をかさねあわせて、風がはいらないようにする。

「わあい、あとつぎだ」

野枝たちは、長くつながったふとんの山脈をもぐらのようにぬけて遊ぶ。ふとんに毛布、それも上がけ毛布としき毛布を手さぐりでかきわける。一枝ねえちゃんのほうからはいって、桐枝ちゃんの口へ出るつもりが、横からころがりでてしまったりする。寝床についてからは足で足をおしたりくすぐったり、もぐっていって奇襲したり。

野枝は二枚つながったふとんを見ていると、トランプの札を思いだす。王さまがふたりさかさに組みあっている絵、野枝たちはそんなふうにふたり一組で寝る。

このふとんのしき方は、なんといってもあたたかい。第一、湯たんぽが一つで二つのふとんをあったためられる。寝てからもむこうの人のぬくもりが底から伝わってきて、もしそれがかあさんなら、あしにさわっているだけで安心だ。

野枝が小さかったとき、かあさんと赤ちゃんの弓枝がねているうしろへつなげてもらったことがある。

ま夜中、野枝はふとんの上をネズミが走っている夢をみた。「わあ」と声を上げたいのに、「わ」とも「あ」ともいえない。やっとふとんをはねのけて「ネズミい」と泣いた。茶の間から明かりがさして、まだ起きていたかあさんがとんできた。

「どこにいるのさ、ネズミなんて」

「ふとんの上」

「いないよ。いないからだいじょうぶ」

それでも、野枝はこわくて、うつらうつらしていた。かあさんも寝て、家中がしずかになった。

トットットトト。またネズミだ。かけぶとんの上を野枝の顔のほうへかけあがってくる。夢中でふとんの中へもぐった。あとずさりしていって、かあさんにふれた。すると

「頭出して寝なさい」

とおしりをたたかれた。つぎの朝、野枝はもっとしかられた。

「ほんとに野枝ったら、あぶなくて。赤ちゃんをけっとばして、おなかのとこまでもぐってくるんだから。もう野枝とはあとつぎできないわ」

野枝は、かなしくなった。夜になると、ふとんの上をかけまわるネズミがいるのに、みんなはなんにも感じないで寝ている。足は足につながっていても、頭はさみしくてねむれない。そう、足と頭がばらばらになってしまった。野枝は頭をちぢめ、足もち

ぢめて苦しい息を吐きながらじぶんの穴にこもる。あとつぎをすると、かえってさみしくなることや苦しくなることがあると、野枝は知った。

わたしが出会った本とお話

種子をたべた子ども

秋のその日、わたしは小さなカボチャをひとつ買って帰った。おしりがややとがった、ひだのない、濃緑の肌に淡い同系色のしまもようがあるカボチャである。やおやの店先で、その顔に会ったとき、わたしはふるさとの知己を見分けたときのうれしさを覚えた。その上「うまいよ、そいつは。北海道産だからね」といった店主のことばが重なり、ちょっと誇らしい気持ちまでそそられたのだ。

さて、カボチャは見かけではなくて味だ。庖丁をあてて、たてに一回りした線がうまく結ぶように割る。厚い身がのぞく。くすんだ黄色を期待していたのに、思ったより明るい色をしている。ふたつになったどんぶり型の中にふんわりしたもので包まれた種子をつかみだす。捨てようとして、わたしはふと手をとめた。ばらばらにして干してみようと思いついた。

一週間して、それがかわいたとき、わたしははじめのはしゃいだ気分から、へんにわびしい気持ちになっていた。種子を見たとたんに、干して食べようと思うなんて、いやになってしまう。生まれ故郷でできたカボチャだから、思い出してしまったのだろうか。子どものころ、カボチャの種子は、わたしのだいじなおやつだったことを。

歯をあてて皮をかみ割ると、なかみは蒸したカボチャの身がほくほくしていなかったのと同じで、皮の内側にはりつくほどに薄い緑色の一片にすぎなかった。しかし、ひなたの匂いが香ばしくいりまじった、なつかしい味がした。太平洋戦争が終わったあと、引き続く混乱の中で、おなかをすかしてはかみしめたひもじさの味だった。わたしは、いやでも、自分があの戦争をくぐった子どもであったことを思い返さないではいられなかった。

わたしが、生まれ育った北海道室蘭市の大澤国民学校に入学したのは、一九四四（昭和十九）年である。翌四五年八月の敗戦までわずか一年半のあいだ、わたしは「国民学校」の生徒だった。その間の記憶は、長い学校生活の中でそこだけが色つきのフィルムのようにきわだって鮮やかである。

事実は灰色の戦争の日々であった。わたしが学校にいってまず習ったのは「隠れること」と「逃げること」である。空襲警報のサイレンをきいたら、目と耳をふさいで机の下にもぐること、または先生に従って学校の前の低地に作られた笹やぶの中の防空壕にはいること。警戒警報の場合は、地区ごとの班にわかれ上級生につれられて家まで走り帰る。そうかと思えば、勉強などそっちのけで、戦地に送る薬草のゲンノショウコやオオバコを摘みに出歩く。銃器にするナベやカマをむりにも家からもらいうけてせっせと運ぶことも宿題だった。

そのころ、都会では学童疎開が進められていたはずである。疎開の話にはつきものの食糧不足の苦しみは、このころから何年かにわたってわたしたちにも襲いかかってきた。東京あたりでは、くる日もくる日もサツマイモだったというが、北海道ではデンプンをとったあとのイモのカスやトウモロコシの粉、それに家のまわりを耕して植えたカボチャが、どこの家でも食卓に並んだ。

学校の休み時間に、なにもいい遊びを思いつけないとき、わたしたちは運動場のすみに輪をつくってしゃがむ。「用意」で両のこぶしをきつくにぎりしめる。

「一、二の三！」

前へ腕をのばして、みんながそろってこぶしを開く。血の気を払ったてのひらが黄色くそまっている。だれのも同じように黄色いのだが、一番たくさんカボチャを食べている子の手が一番黄色いはずだ。

「あんただっ」

といわれて、ぴしゃっと手をうたれた子は、はずかしいことをみつけられたように赤くなって舌を出す。

「もう一回」

その子がさけんで、また「用意」と、みんなは力む。食べるもの、着るもの、遊ぶものすべてに乏しい時代だった。

もちろん、絵本やお話の本も少なかった。わたしの周りには、子ども向きの本ばかりでなく、わかってもわからなくても手にとってみようと思うおとなの本もなかった。

父母、姉、わたし、それに妹二人が当時の家族全員で、輪西《わにし》町瑞之江《みずのえ》にあった日本製鉄の社宅に住んでいた。古い家の壁を飾る百科事典とか文学全集の類、父母やおじおばが読んで育った本とか雑誌などが残されている家ではなかった。いまでいう核家族の生活には、時代の乏しさがそっくりそのままはいってくるものなのだろう。

そんななかで、わたしは忘れられないひとつの話にめぐりあった。どこかでだれかに聞いたものなのか、なにかで読んだものなのか、わからない。そのお話は、まるで草の種子がとんでくるようにして、わたしの内に住みついたとしか思えない。そして、かってに芽をだし枝葉をつけて、いまになっても枯れようとはしないのである。ごく最近まで、わたしは、それがれっきとした言葉で表現され、文字に書きとめられた童話だということを、なぜか考えもしないでいた。

あるとき、ふと開いた『日本幼年童話全集』の中に、そっくりのお話を発見して驚いた。わたしは、自分の中で語りつがれてきた話と、「こざるの　おしょうがつ」（浜田広介作）と題のあるその童話をたんねんにくらべてみた。すると、口に出していえばあらすじになるほかはないわたしのお話は、広介のすぐれた文章の一言一言になって花開くのだった。

こんな短いお話である。


山は、さむく　なりました。

けれども、山にも　しょうがつは、やってこようと　して　いました。

「おかあさん、あと　なんにちで　おしょうがつ。」

と、山の　こざるが　ききました。

「あと　もう　なぬかよ。なぬか　たったら　がんじつよ。」

と、かあさんざるが　いいました。

かあさんざるは、ちょこちょこと　あるいて　いって、はこの　なかから　もめんの　ふくろを　だして　きました。

ふくろの　なかには、やまぐりが　はいって　いました。

しばぐりとも　いう　小さな　くりで　ありました。こざるの　まえに、その　くりを　七つ　ならべて　いいました。

「ここに　あるのが　七つの　かずなの。七つの　かずだけ　日が　たてば、な

ぬか　たったと　いうのです。さあ、この　くりを、手の　とどく　たなに　ならべて　おきなさい。一日たって　ねるときに、一つを　むいて　たべなさい。そしたら　一つ　へるでしょう。まいばん　そうして、くりが　みんな　なくなったら、つぎの　あしたが　おしょうがつ、がんじつなのよ。」

「いいなあ。いいなあ。」

こざるは、なんとも　うれしくて　にこにこ　しました。

こざるは、まいばん　一つずつ　小さな　くりを　たべました。おいしい　くりで　ありました。二つも　三つも　たべたいのでした。けれども　こざるは　がまんを　しました。

くりが　三つに　なりました。

一日　たって、くりが　二つに　なりました。

「おかあさん、あと　二つだよ。二つ　いちどに　たべても　だめだね。」

「だめって　なあに。」

「二つ　たべても、おしょうがつは、はやく　こないや。」

「そうですよ。そうですよ。それが　わかれば　おりこうさんよ。」

かあさんざるは、こざるを　ほめて　にっこりしました。

（河出書房刊『日本幼年童話全集』第二巻より）


いま読み返してみると、このお話が、わたしにとって、なぜそんなに忘れがたい話になったのか、ふしぎな気もする。わたしは七つ並んだクリを見たことがあるようなイメージを抱き、わたしの母がぴかぴか光るクリをふくろの中からとりだしてくれた、ある幸福な冬の夜があったような気さえしている。いや、それは、きっと、わたしがくり返し夢みた、この話のクライマックスなのだろう。

よく考えれば、このお話の主眼を語っているはずの後半の印象は、奇妙に薄れている。さいごの母ざると子ざるのやりとりなどは、すこしも記憶にない。それどころか、わたしは、子ざるはさいごに残った一個のクリを食べようか食べまいか迷い……とうとう元日の朝をむかえる……といったところまで勝手に結末を発展させていた。わたしは、この話から、七つの貴重なクリをそっくりいただいて、頭の中のたなに並べ、何とかしてこのクリの輝きを永遠にとどめたかったらしいのである。

いま、わたしは遠い記憶の中から掘り出した話の断片を実物と照らし合わせてみた。その照合に意味を与え解釈を下すことは、むしろ簡単である。つまり、カボチャの種子を食べて飢えをなだめていたわたしは、その時代の子どもがみなそうであったように、食べ物への執着を強く持っていた。「こざるの　おしょうがつ」は、そんなわたしに、実においしいお話だったのである。わたしは、自分が現実に手にできないクリを、お話の世界で手に入れ、自分の飢えを満たしたのだ、といえよう。これが、あるひとりの子どもの中で起こった、あるお話の受け止めかたである。

しかし、すべては無意識のうちに行われていたのであり、だいじなことは、そのあともなお、わたしがこのお話を記憶し続けたということではないだろうか。それは、幼いわたしをじかにとらえていた飢えが消えるのといっしょに消えてしまいはしなかった。いや、飢えの記憶と結びついて、それが一層鮮明にのこるよう配剤されたもののようでさえある。わたしが、童話――児童文学というものを、この無意識の領野で暗躍する文学だと思わずにいられないのも、こんなことがあるからなのである。

最初の記憶とはじめての本

自分の人生の始まりはどこだったか、最初の記憶を尋ねて幼時をさかのぼってみることは、だれにでもあることだろう。最初の記憶というときの〝最初〟は、どうもあやしくなりがちではある。厳密に思い出そうとすると、人にきかせられた話なのか自分の勝手な空想なのか、わからなくなることも多い。

わたしが、自分はそこにいたと確かにいえる記憶は、三歳のときのものである。

その年の秋、母は、わたしと三つ年上の姉とを連れて、名古屋の親戚を訪ねた。はじめて津軽海峡を渡ったわたしは、揺れる連絡船の甲板をよろけながら走りまわり、手すりの間から海へ落ちるのではないかと母をひやひやさせたという。だが、当のわたしは、海のことなど一つも覚えていない。

名古屋で、わたしは東山動物園に連れていかれた。そこで見たはずの動物園舎も、たくさんいただろう動物も、記憶には残っていない。突然、ある場所で、わたしは見た。洞窟の奥にともった金色の二つの目を。その目は、じっとわたしに注がれ、だんだんに耳が、あごが形をとってくる。黒い大きなけものが昼の光の中におどりでてきそうなのに、いつまでも目だけが光っている。わたしも目をいっぱいに見開き、ただ、みつめかえす。たぶん黒ヒョウの檻の前で起こったこの場面が、その瞬間だけが、わたしの最初の記憶なのである。

この旅から帰ったとき、北海道はもう冬だった。旅の疲れからか、わたしはかぜをひき、気管支炎から肺炎にまで進む大病にかかった。ペニシリンというものがない時代、肺炎は命とりの病気だった。医者は両親に、この子はあきらめてくださいといったそうである。

かろうじて一命をとりとめたわたしは、衰弱して床から出ることができなかった。わたしは退屈し、まわりの人をつかまえては「本、読んで、本、読んで」と、うるさかったらしい。「講談社の絵本なんかを読んであげたよ」と母はいう。

そういわれて、わたしの前に姿を現す一冊の本がある。『ナスノヨイチ』の絵本だ。例の源平の合戦で、亡びゆく平家が戦いを占って源氏に挑んだ一戦を、日本画風のさらさらした絵で描いてあった。波の向こうに浮かんだ一そうの船に高く掲げられた扇。それを的に弓をひきしぼる馬上のナスノヨイチ。画面の手前から奥へ矢が走る。わたしは熱のある手をにぎりしめて、つぎのページをのぞく。波が揺れ、扇が落ち、ほっと息をつくという結果になるのはわかっていても、何回か、何十回かこの場面に緊張したのだろう。書かれてあった言葉は憶えていないが、この場面はいつもいきいきと思い浮かべることができる。これが、わたしの記憶に残るはじめての本である。

それから三年後、六歳になって、わたしはもう一度海を渡った。父とふたりの旅だった。船の上でも汽車の中でも、わたしは「東京へ行くんだ」と、小さい胸をはずませていた。あと半年ほどで学校にあがるというときだから、見知らぬものへの好奇心もそれなりにさかんで、この旅で見たり聞いたり感じたりしたことは、かなり明瞭に残っている。

連絡船の船底の畳敷きの席、そこで父はかばんの中から白い木綿の短い靴下を取り出した。軍足といわれたかかとのないふくろみたいな靴下は真新しく、中には携帯食料のカンパンがつめられていた。サンタクロースの贈り物ではあるまいし、どうして靴下につめたのか知らないが、父は新聞を読みながら、中身を食べはじめた。たちまち片一方をからにしてしまう。もう一方の口を開いたとき、わたしは、いった。

「そっちは、おみやげだからたべないで」

「なあに、いいさ」

「だって、かあさんが……」

わたしは、たぶん母に言いふくめられていたのだろう。むとんちゃくな父は、こんがり焼けたカンパンをひとつかみ、わたしの手にものせる。

「なくなるぅ、……なくなるぅ」

父がカンパンを口に入れるたびに、わたしは小さい声で、いった。

これは、日本が戦争の終末へむけて喘ぎはじめていた一九四三（昭和十八）年秋のことだから、食糧は乏しくなり、海峡には機雷の危険もあったのではないだろうか。

わたしは、東京に着いたとたんに低くうなりだした警戒警報のサイレンの音を忘れられない。こんな戦時中に、なぜ、父はわたしを長い旅につれだしたのだろうか。

そのときの父の目的は、奈良県の橿原神宮で行われた体育大会に出場することであり、円盤投げの選手として高潮の時を迎えていた父は、北海道代表の栄誉をになっていた。その旅にわたしを同行したのは、学校にあがってしまうと、東京などへはなかなか連れて行けないからという程度のことだったらしい。もう一つ、室蘭で近所に住み親しくしていたN家の人たちが東京に移り、連れてくるようにと言ったことも大きく働いた。わたしは東京に着くとすぐN家に預けられて、そこで一週間ほどを過ごすことになっていた。

N家の主人は父と同じ日本製鉄に勤めていたが、東京では社宅住まいではなく、世田谷にある、ちょっとした洋風造りの家にいた。どこの家へ行っても同じ間取りの社宅に住みなれたわたしには、この家がめずらしかった。

広い玄関を入ると、まず、みがきこまれた巾広い廊下が横たわっている。右手は居間で、入口には丸いとってをまわして押し開くドアがついていた。いまなら、どこの家でも玄関から始まって各室に取り付けている平凡なドアだが、引き戸になれていたわたしは、このドアがおもしろくてたまらなかった。わたしは一日に何度も何度もそのドアを通りぬけ、真鍮のとってにさわってみた。その家にいるあいだに小さな地震がきたとき、わたしはとってががたがた鳴るのを聞いて、だれよりも早く立ちあがった。とっては、ちょうど子どもの目の高さにあって、わたしには最も親しい、この家の一点になっていたのかもしれない。

滞在の予定が終わりに近づいたとき、わたしは居間の大きなテーブルで、母に手紙を書いた。

「モスコシ　トウキャウニ　イマス」

N家では、上のおねえさんたちはもう女学生だったし、一番下の男の子はわたしの姉と同年だったから、小さいわたしはちやほやされて、居心地がよかった。みんなは、来年の三月までには、きっとだれかがおくっていくからと引きとめ、わたしもその気になって手紙を書いた。

だが、奈良からの帰途、予定通りにわたしを迎えに寄った父の顔を見たとたん、心が変わった。父においていかれたら、もう一生、家に帰れなくなってしまうような気がしたのだ。

「しょうがないわね」

と、N家のひとたちはいって、わたしの前に数冊の本を並べた。

「どれでもすきなのを持ってらっしゃい」

それは、この一週間、わたしが愛読した本だった。すこし迷ったあとで、わたしは、白と黄緑の地に灰色の鳥が一羽いる、あっさりとした表紙の一冊を選んで胸にかかえた。この絵本には「ふくろうのそめものや」とか「かもとりごんべえ」の話がのっていた。小型だが、表紙は厚く、背は布張りで、印刷も鮮明だった。絵は単純な挿絵風で、白く残った紙の質のよさが目立った。

この本は、わたしの宝物になった。お話も楽しんだが、そまつな本が多かったその当時、こんなにしっかりと作られたりっぱな本は、ほかになかったからである。他の本がぼろぼろになって姿を消したあとも、この本だけは残り、妹たちに読みつがれて、長いこと、わたしの家の本棚にあった。

わたしは、いま、記憶の中で本のページをめくる。尾羽をはねあげたカラスや、片目をつぶったフクロウが登場する。なんといっても個性的なのは、あのとぼけ顔のごんべえだ。「かもとりごんべえ」の話は、こんなふうである。

なるべく楽をして暮らそうというなまけ者のごんべえは、細工をして九十九羽のカモを生け捕りにした。うっかり腰にくくりつけたカモが一度に飛びたち、ごんべえも空に舞い上がる。落ちた所はアワ畑。そこで働くうちにアワの穂にはじかれて、とんだ所が傘屋の庭。こんどは傘を手に風に吹かれて野越え山越え、京の都の五重塔のてっぺんへ。さあ、こまった。ごんべえは、都の人が集まってひろげてくれたふろしきの上へとびおりる。そこで起こったのは、ものすごい鉢合わせ。目から火がでて、なにもかもが燃え上がり、お話だけが残りましたとさ、というスケールの大きいほら話である。

六歳のわたしは、この話をどう読んだのだろう。数冊の本の中から、なぜ、「むかしばなし」の本を選んだのだろう。その中でもどうして「かもとりごんべえ」を一番印象深く覚えているのだろう。

これらの疑問に答えようとして、記憶の延長線をいくらのばしてみても、わたしは確かな答えを得ることができない。ただ、さいごの問いについては、こんなことが考えられる。東京から持ち帰った本をくり返し読むなかで、わたしは、ごんべえのように空を飛び、東京へ行きたいと思っていたのではないだろうか。わたしが東京で見た建物は、靖国神社と皇居の二重橋であり、ごんべえがとびおりた五重塔ではない。それでも、わたしはそこに東京を重ねて眺め、ごんべえといっしょに自由に空間をとびまわっていたのではないか。

三歳から六歳のあいだに、わたしが記憶の底にしまいこんだ二冊の絵本は、たまたま出会ったという以外、言いようのない本である。わたしは目の前にさしだされた『ナスノヨイチ』に、心身を一つにしぼりあげるような焦点を見て、その場面を記憶した。そういえば、わたしの最初の記憶の場面も、あの金色の目に結ばれて一点に集中していたといえそうだ。これに比べれば、六歳でわたしがはじめて選んだ本は、お話の展開のおもしろさや空間のひろがりを獲得している。二度の遠い旅もふくめて、わたしの生活空間はひろがり、その中でわたしとこの絵本とはしっかり結びついてしまったのにちがいない。

学校というはるかな世界

「メーメーヨーヨー、カンムリ、コ。キーロク、バッテン……」

おまじないの文句のようなものをくりかえしながら、わたしは、小さい手にもった古釘で地面に書きまくっていた。「メーメー（メメ）、ヨーヨー（ㅌ）（ヨ）、かんむり（ワ）、コ（子）」で、旧漢字の「學」ができ、「キー（木）、ロク（六）、バッテン（㐅）」で「校」ができる。「學校」である。複雑な漢字をいやおうなく覚えなければならなかった当時の子どもの知恵であろうか。歌の調子をもったこの文句は、国民学校三年生になっていた姉に教えてもらったものだ。わたしは、あと半年たらずで、その学校へ入ろうとしていた。

満六歳といえば、いまなら当然、保育園か幼稚園の年長組にいて、すでに集団生活に親しんでいる年齢である。学校は、その延長線上にあって、それほどに胸おどらせる未知の世界ではなくなっているといえそうだ。だが、昭和十年代の終わり、幼稚園などへ行く子はごく限られた家の子しか見あたらず、わたしの育った小さな町にはそんな施設も数少なかったように思う。

ひとりS君という同じ年齢の子が、それらしい環境をくぐってきていた。父親の転勤でS君が社宅に越してきたとき、子どもたちの間に「あいつ、幼稚園に行ってたんだと」という、うらやみともさげすみともつかない声が起こった。

内地でS君が行っていた幼稚園ってどんな所だろうと、わたしは考えた。姉が行く学校と似たような所だろうか。だとしたら、わたしが遥かにあこがれている学校へ、S君はまだその年齢にもならないのに通っていたのだ。なんていいんだろう。すばらしいんだろう。たとえ短い間でも、そこへいっていた子は、どこかちがうのではないか。わたしは、おっとりしたS君の顔に、何かを読み取ろうとした。S君とわたしのあいだには、文明人と野蛮人の違いがあるような気がしたのである。

実際、閉ざされた谷間の社宅街をかけまわって、一日を風の中ですごした子どもというのは、野蛮人ではなくとも、野生児ではあった。わたしは母にせがんで、姉と同じお弁当を作ってもらい、S君たちとつれだって、崖道を登った所にある岩の上でそれを開くのが楽しみだった。桑の実で唇を紫色にし、コクワの木の枝に指定席を作り、谷川でざりがにをとり、夕方の風が吹き始めてから、あわてて家に帰ることもあった。いま遠いその日々を思い返すと、ひとりのオオカミ少女が、わたしの身内を走り抜けていくようなおののきを覚える。

ある朝、遊びに出ようとしたわたしを、母が大声でよびとめた。

「ねえちゃんったら、これ、わすれてったわ」母は、白いハンカチで包んだ姉のおべんとうを、さしだした。

「おっかけてってごらん。まだ、そのへんにいるかもしれないから」

「うん」

わたしは、気軽に引き受けた。てすりのついた急な段々道を降り、谷間の坂道をどんどん駆け下った。姉たちは、ガス会社の大きなタンクのそばを通る近道を行ったのだろうか。きっと、そうだ。わたしはひとりでその道を通るのははじめてだったが、

學校
學校
學校

姉に追いつきたい一心で、とびこんだ。しかし、そこを出はずれたところに、手をつないで学校へ急ぐ子どもたちの姿はなかった。

帰ろう、とわたしは思った。そこから先はわたしの生活圏ではない。おべんとうをわたしに預けた母さえ、帰りなさいといっているのがわかる。それでも、わたしは一歩ふみ出した。国道の、あの先まで。あそこまで行けば、きっとねえちゃんがいる。

いつのまにか、わたしは、大きな生徒たちの間をぬうようにして夢中で歩いていた。国道を折れて、暗い小路を抜け、山際の坂を登り、いままた、広いゆるやかな坂道に出て、そこを上へ上へと進む子どもたちの流れの中にいた。何度も取り落としそうになった包みを胸にしっかり抱えて、わたしは前のめりに走る。目を上げたとき、数人先に思いがけなく姉の後姿が見えた。

「ねえちゃん！」

泣き出しそうなわたしの声に、姉はふりむき、目をみはって立ち止まった。わたしも口をあけて、つっ立っていた。姉が背にしているのは、四角い石の門だった。まだ新しい木造の校舎がわたしの目にとびこんできた。それこそ、学校だった。話に聞き、字に書き、わたしが手を伸ばして求めていた学校が、そこにあった。

あまりに熱望することは、失望の度合いを深くするということを、幼いわたしは知らなかった。そのために、ようやくわたしにも巡ってきた新入学の春、あこがれの学校は、珍しさが消えると、たちまち息のつまる牢獄になってしまった。

いや、学校がつまらない場所に思われた理由は、一日を外で遊び暮らしていた子どもが、きゅうくつな机の前に何時間もすわっていられるわけがないという単純なことであったのかもしれない。さらに、もうひとつ理由がある。それは、わたしと教科書との出会いにあった。わたしは新鮮な気持ちで教室にはいり、はじめての先生や友だちと顔を合わせ、自分の席に胸をはずませて座ったのだが、出てきた教科書とは古なじみのような気がした。どのページもたいくつだった。先生が、それを、どんなに面白く勉強させようとしたところで、わたしの目と耳は「知ってる、知ってる」と反応する。入学前に、姉の教科書を愛読して、わたしはほとんどのことを覚えてしまっていたのである。

厳密に言えば、一九四〇（昭和十五）年四月に入学した姉と、一九四四（昭和十九）年四月に入学したわたしとでは、一年生の教科書はちがっているはずだ。姉は「サイタ　サイタ　サクラ　ガサイタ」で始まる『小學國語讀本』、わたしは「アカイ　アカイ　アサヒ」で始まる『初等科國語』を与えられている。唐沢富太郎氏の『教科書の歴史』創文社、一九五六年によれば、「決戦体制下の国定五期（昭和十六〜二十年）」の教科書の洗礼を、わたしは受けたわけである。

いま、わたしは、復刻版の『小學國語讀本　巻一』をめくってみる。すべてのページが、記憶の底から立ち上がってくる。姉が使ったはずの『尋常小學修身書　巻一』についてみても、まったく同じである。手元にはないが、わたしの使った『初等科國語』や修身の教科書を開けば、やわらかい脳髄にしまいこんだ、絵や文字との出会いの印象が、ある感情とともにさそいだされてくることはまちがいない。

たとえば、先の『小學國語讀本』では「メダカサン、メダカサン、オホゼイ　ヨッテ、ナン　ノ　サウダン。ア、ミンナ　ガ、ワット　ニゲテ　イッタ。」という一ページが鮮明だ。水に映った女の子の影の上をメダカが散っていく絵は、わたしの内にやきついていて、古い写真を見る思いがする。

また、こんな文も印象に残っている。「マサヲサン　ガ、ヲヂサン　ノ　トコロヘ　オツカヒ　ニ　イキマス。ポチ　ガ、ヲ　ヲ　フリナガラ、アト　ニ　ナリ、サキ　ニ　ナリ　シテ、ツイテ　イキマス。」何の変哲もない文章だが、「アト　ニ　ナリ、サキ　ニ　ナリ　シテ」という表現に、わたしはひどく感心した覚えがある。『尋常小學修身書』のほうは、〝讀本〟よりも一層深く、胸のひだに刻みこまれている。わたしが忘れられないのは、次のような一節だ。

「コノ　コドモ　ハ、『オホカミ　ガ　キタ。』ト　イッテ、タビタビ　人　ヲ　ダマシマシタ。ホンタウ　ニ　オホカミ　ガ　デテ　キマシタ。ダレ　モ、タスケ　ニ　キテ　クレマセン　デシタ。」

これは、「ウソ　ヲ　イフ　ナ」という教えのためのたとえ話だが、「ダレ　モ、タスケ　ニ　キテ　クレマセン　デシタ」という決定的な言葉は、わたしを恐怖の谷底へつき落とす力を持っていた。

「ソンナツモリジャナカッタノヨ」と、わたしは「コノ　コドモ」のために、小さな声で弁明していた。そんな言いわけが許されるはずはないと震えながら。

この文に添えてある挿し絵は、文章に加えて、子どもの胸を無言で押しつぶすような恐ろしい絵である。闇のおりはじめた草深い原で、クマほどもあるオオカミが手足をふんばり、口をかっとひらく。青くなった子どもは、体がすくんで、とても逃げられそうにないありさまだ。

暗い絵の二点目は、有名な「チュウギ」の訓話に付けられたものだ。

「キグチコヘイ　ハ、イサマシク　イクサ　ニ　デマシタ。テキ　ノ　タマ　ニアタリマシタ　ガ、シンデ　モ、ラッパ　ヲ　クチカラ　ハナシマセン　デシタ。」

この短い文から、わたしは「チュウギ」というものを教師の注釈なしに読みとることができたろうか。できたという自信がない。いま読み返しても、この文章は、戦場の強烈な場面を描いているという印象の方が、わたしには強い。わたしは、文章からよりも、黒い木立や丘の続くどことも知れない土地で、ひとりの兵士が片手に銃を握り、もう一方の手でラッパを口にあて、足を上げ、のけぞって、いまにも倒れようとしている絵に、必死なものを読み取っていたようである。おそらく、それが六歳か七歳の子の理解力というものではないだろうか。

前出の唐沢富太郎氏は「教科書が日本人を作った」というが、いったい、わたしは、この教科書によって作られたのであろうか。国民学校の教科書は、わたしにとって、読むもののない時代の、だいじな一冊の本であった。しかし、わたしは姉の教科書まで欲張って読みはしたが、その内容に深く影響をうけるには、残念ながら、少し小さすぎたように思う。

ただ、復刻版の教科書をめくりながら、わたしはこんなことを考えた。わたしは、一枚の折り目のない紙だった。学校というところは、そのわたしに、教科書を手本に紙を折っていくことを教えた。一羽のツルができあがるのか、カブトをおりあげるのか、わたしにはわからなかったが、それが形をなす前に戦争が終わり、わたしたちは、もういちど新しい教科書にそって折りはじめた。いつの時代でも、子どもたちは、自分を何かの形に折りあげようとして折る。そして、いちど折った折り目は、折り直した場合にも、わずかな痕跡として消えずに残るのである。

あの世の話とお化けの話

わたしが初めて人の死に会ったのは、五歳の年、母方の祖父が亡くなったときである。母の里は、日高地方にある鵡川《むかわ》という町で、そのころはあまりひらけていない農村だった。一人娘の母は、子どもをつれて里へ帰るのをたのしみとしていたらしく、おかげで、わたしには、祖父母のいなかの生活になじんで過ごした思い出がたくさんある。

その夏、以前から体が弱く、病を得ていた祖父は、札幌の病院で、亡くなった。ちょうど四人目の子の出産を控えていた母は、足手まといになってうるさいわたしを、いなかの家に預けていた。だから、わたしは、祖父が「わるい」といううわさや「亡くなった」という知らせを、その家にいて、すべて聞き知ったのである。

八月の初めの暑い夜、わたしは、いとこたちと、祖母のとなりの寝床を争ってはしゃぎまわっていた。敷き並べたふとんの上に、押し入れの上の段からとびこむ、枕を奪い合う。いや、あれは、夜が更け、そして明けるまで、わたしにとっては、ただ暑さのために寝苦しいだけの、あたりまえの一夜だったはずだ。わたしは、明け方、だれかが「電報！」とさけぶ声を聞いたように思いながらも、朝まで眠り続け、すっかり目がさめてから、服をかかえて起きだしていったのだから。

ろうかの向こうにある茶の間は、昨夜のままなのに、秋口のように寒いしめった空気が流れていた。ねまきをぬいだわたしは、ふるえていたような気がする。

「おじじが、死んだんだよ」

手早く、わたしに服を着せかけた人が、いった。

「ゆうべ、みんなんとこに、お別れにきてねえ……」

「へんだなあと、思ったんだ」

中学生になっていた一番上のいとこが、のりだした。

「縁側の戸が、ガタガタいうからさ。おじさんと、つよい風だなって、外へ出てみたら……」

「風は、ぜんぜんないんだ」

いつもわたしたちを相手にふざけている若いおじが、真顔で言った。

「だから、風みたいにしてきたんだよ。浜田さんとこのおばさんも、朝まで眠れなかったって」

茶の間にあがりこんでいた近所のおばさんと祖母のあいだで、さっきから、話はくり返されていたらしい。

「ほんとにさ。ネコの穴のふたが、バタバタ鳴って」

ネコの穴のふたの音、それは、わたしも聞いたように思う。縁側の戸のすみをくりぬいて、いつでもネコたちが出入りすることができるようにした、あの穴にとりつけてある板きれは、よく音をたてているけれど。

ともかく、ふしぎなことは起こったのだ。ゆうべ一晩、おじじは風になって、村の知人の家をめぐり、この家の周囲を吹き荒れていた。だれもがみな、それを認めた。

その日の午後、札幌からまっすぐ車で運ばれてきた遺骸は、わたしに、ゆうべがふしまった祖父は、何度のぞいても、もういつもの祖父ではない。祖父には何かが起こって、この亡骸《なきがら》だけが残ったのだ。

村の流儀に従って、死者に着せる白い着物を一針縫わせられたり、葬式にわたしが着る小さい白装束とわらぞうりをあてがわれたりする中で、わたしは考えた。やっぱり、おじじは風になって、どこかへ行ってしまったんだ。わたしは、昨夜庭を吹き過ぎていったという風の音を呼びもどそうとした。全身を耳にして、もう一度吹いてくるかもしれない風の音を聞きとろうとした。

翌日、わたしは泣きもせずに、祖父と別れた。その死は、人間の肉体が滅びる瞬間をみせていたのに、わたしは、まわりの人びとのように、それを嘆き悲しまなかった。一枚の写真が、そのことを証明しているように思われる。御輿のように作られた祖父の坐棺を高く掲げて、一族が並んでいる。前に押しだされた子どもたちの中で、わたしはひとりだけ夏の光を顔いっぱいに受けて、かすかにほほえんでいる。小さいわたしは、目の前の〈死〉を見ることはできず、〈死〉の向こうにあるものを、楽しんで空想しているようである。

たしかに、このときから、わたしは目に見えるこの世のほかに、見ることも触れることもできないあの世があるという考えにとりつかれたのだった。作家の武田泰淳や野間宏は、しばしば、幼年期に見た地獄絵に恐怖と興味を抱いたことを語っているが、このころのわたしがそうした絵にめぐりあっていたなら、たちまち深くひきこまれただろう。しかし、仏教を家の宗教としながらも、わたしの回りには〈死〉や〈あの世〉について示してくれるものはなにもなかったし、語ってくれる人もいなかった。

たぶん、小学校も上級になってから、読んだのか聞いたのか、わたしは、こんな話を記憶にとどめている。

——水辺の草のしげみでかえったトンボの幼虫はヤゴと呼ばれて水中生活を送る。羽のないヤゴの姿は、トンボとは似ても似つかない。ヤゴたちは、水の中だけが自分の世界だと思って暮らしているが、ときどき仲間が姿を消し、けっしてもどってこないことに気づく。なぜか、水面の明るいほうへ明るいほうへとひかれていき、突然この世を捨ててしまう。

一匹のヤゴが、友だちにいう。

「もしも、おれが、その病気にとっつかれてあの世へいったらな。そこがどんなところか、なんとしてでも、おまえに教えにきてやる」

ある日、彼は急に苦しくなって、上へ上へともがきのぼり、ついに水面から出て、草の葉にとりつく。四枚の羽が生え、大きなトンボになった彼は、水の上をとびながら、友だちのヤゴに呼びかける。何度も水面すれすれにおりていくが、水中の世界には、その声も姿も影のようにしか届かない。二つの世界は途切れ、水中のヤゴは水上の世界があることとさえ、知ることができない。

いま、わたしはこの話を思い出して書きとめながら、奇妙なもどかしさ、二重のもどかしさを覚える。一つは、この話そのものが持つもどかしさであり、思い返すたびに見事にこの話にすくいとられてしまう私自身へのもどかしさが含まれている。この世とあの世の截然とした境界を思いつき、しかも、なんとかしてそれを越えようとまでする人間の想像力、その源にあるのは、一体どういう衝動なのだろう。

もう一つのもどかしさは、わたしが、このヤゴの話をどこで聞き知ったのか、はっきりとできないもどかしさである。ひょっとしたら、これは、あの地獄絵のように、だれもが知っている仏教のたとえ話なのではないか。人間の世界を動物に擬して語る童話にも近い話があるようだが、それだろうか。いや、科学の事典か何かで仕入れた知識が、いつの間にか、わたしの中で、こんな話に作り上げられてしまったのではないか。

いずれにしても、わたしは、この話をすっかり自分のものにしてしまった。採集網を手にシオカラトンボを追って水辺にたたずんでいた少女のころから、この話をふくらませ続けてきた。そして、もうすこしよく探ってみると、祖父の死に会って抱いた幼い日の疑問が芽を出し、枝葉を茂らせているような気がするのである。

生の根源にある疑問や衝動に素手で立ち向かってみても、何一つ明らかな答えなど出すことはできないと、子どものわたしは感じたのだろうか。一方でわたしがしたことは、あの夏の朝、わたしのまわりで見事につなぎあわされ、作り上げられたお話の世界に遊ぶこと、つまり空想の楽しみを拡大することだった。それは、どんな子どもでも、小さいときからとりつかれて、かなり大きくなるまで飽きずにくり返すお化けの話を、自分の体験として語る楽しみである。

祖父の死の前の、あのふしぎな一夜は、すみずみまで追体験され、脚色されて、わたしの口から妹たちに、こんなふうになって語られた。

「その晩、Hちゃんとおじさんは、おふろから帰る途中、アイスキャンディを買って食べながらきたの。家の前まできても、キャンディがなくならなかったから、戸の所に立ってむりして食べたの。そうしたら、すうっと風が吹いてきて、なんだか、ものすごくぞくぞくしたんだって。でも、キャンディ食べたからだろうと思って、家の中に入ったのよ。……それから、だんだん風が強くなってね。あんまり戸がガタガタいうから、外へ出てみたの。そしたら、風はぴたっとやんじゃう。へんだなあって、家の中にはいると、また、ガタガタ、ガタガタ……ネコの穴のふたが、パタンってあいて、わたしのおでこに風がすうっと吹いてきて……とうとう一晩中、みーんな、眠れなかった」

ときには、わたしの話は、体をかたくしてすり寄ってくる妹や友だちを安心させるために、こんな結末にもなった。

「おじじは風になって、あっちこっちまわったけどね。お葬式が終わった日の夕方、空にでてたのよ。赤い星になって。だれでも死んだら、星になるんだって」

わたしは、ウソというものをあまりうまくつけない子どもだったのに、この話だけは真に迫って話せた。祖父の死以後にも、わたしはいろいろな死に会っているはずなのだが、死の向こうから吹いてくる風に、このように身も心もさらされ、かりたてられたことはない。わたしにとって、祖父の死は、この世界の有限を示すよりも、その限界を想像力によって無限に乗り越えていこうとする世界があること、つまり、虚構の世界のおもしろさを示していたとはいえないだろうか。

雪降る国の友の本棚

M子ちゃんの家の勝手口の戸を開けると、古い物がつまった引き出しをあけたような薬くさい匂いがした。ひっそりとしまわれていた物にしみこんだ重々しい匂い、背中が寒くなって、しんとしてしまうような匂い、一人しか子どもがいない、静かなおとなの家の匂い。

「M子ちゃん、あそぼ」

わたしは、小さい声になる。奥の部屋から出てきたM子ちゃんは、口元をかすかにほころばせて、わたしの前に立つ。

「あがる?」

「うん」

わたしは救われた思いで、ゲタをぬぐ。並んでたつと、M子ちゃんよりわたしの方が、少し背が高い。ふたりとも三年生で、学年を通して一番ノッポのわたしに、それでもM子ちゃんは続いているのだ。いかにも大事に育てられた一人娘のように、M子ちゃんの手足はほっそりと青白い。近眼の目をちょっとすがめて、わたしを、台所横のうす暗い小部屋に誘う。タンスや茶ダンスがぐるりをとりまいているせまい空間にすわる。すぐに、わたしの眼は、一方の壁にはめこまれた大きな本箱へ走る。

「きょうは、キセカエしようや」

M子ちゃんが取り出してきた着せ替え人形の箱を横目で見て、わたしはぐずぐずためらう。

「でも、わっちの、もってきてないもん」

「いい、これ、かしてやっから」

国防色と呼ばれていた茶緑の色紙で仕立てた国民服に同色の長ズボンを組み合わせ、めがねをかけたおとうさんの首をすげながら、わたしは、きのう読み残していった「みにくいあひるの子」のお話の続きを考える。あの灰色の羽を持った子は、あひるの子でないとすれば、だれの子なんだろう。七面鳥の卵が紛れ込んでいたのかな、やっぱり。いや、そうじゃない。だって、泳げたんだもの。すがたはみにくいけれど、ほかの子よりずっとうまく泳げたんだ。

いつの間にか、M子ちゃんは、わたしに預けた〝おとうさん〟と〝おにいさん〟をのけ者にして、人形一家に夕食をすすめている。わたしは、ふたりを夕食ぬきでさっさとふとんにおしこみ、本箱の『アンデルセン童話集』に手をかける。

M子ちゃんの本箱にずらりと並んだ子ども向けの文学全集は、教師をしていたおばさんから譲り受けたものだ、ということだった。この本は、読みやすい小型本で厚いしっかりした表紙に、一冊一冊、黄色や桃色や淡い青色を基調にした夢のような絵が刷りこまれていた。それを開くとき、わたしは胸をはずませ、手つきまで慎重になるのだった。赤い布を使った背には金色の文字が並び、たしか、一つの箱に二冊ずつ納まっていた。持ち主のM子ちゃんがたまにしか手にとらないこの全集は、わたしには宝の山に思えた。

戦中戦後に子ども時代を過ごした人に、幼いときの読書についてきいてみると、ほとんどだれもが、読む本がなかった、〝童話〟などというものになじみが薄かった、という。自分の本だといえるものは教科書くらいのもので、なにしろ活字に飢えていた、と。わたしも、何度かくり返すようにこの例外ではない。

しかし、わたしには、たまたま〝童話〟になじむ機会は訪れたのだった。考えてみると、M子ちゃんの持っていた本が、わたしに与えた影響はとても大きい。まず、わたしはM子ちゃんに懇願し、ときにはだましたり、なだめすかしたりして、それに近づかなければならなかった。そして、本に対するさもしさを恥じ入りながら、同時に、本の中に発見した世界の楽しさ、さまざまな物語のおもしろさに抗えなくもなってい た。わたしは毎日毎日その家に通い、かたっぱしから夢中で読んだ。日が暮れてきても、読んでいる本を閉じられないでいると、たまに、M子ちゃんは、「持ってってもいいよ」と貸してくれた。だが、それは手元において繰り返し読むことはできない本であった。わたしは、それらの本を〝愛読〟する代わりに〝熱読〟したのだった。

このとき、嵐のようにわたしを襲った物語は、いわば古典名作というものが大部分だったろうし、その後もどこかで何度かめぐりあっているせいか、いま、たしかにこの全集で出会ったといいきれるお話は案外少ない。最初の印象が薄れてしまったのである。

「西遊記」「アラビアン・ナイト」「青い鳥」などが、風の吹きすぎたあと、記憶の枝にひっかかっている。「西遊記」は少したいくつしたが、最後まで読んだし、「アラビアン・ナイト」はもちろん子ども向けの話ばかりだったが、異国の話への興味から次のページを急いでめくった。また「青い鳥」の登場人物たちは、魔法が支配するメルヘンの国へ、わたしを運んでいくのをためらわなかった。それぞれが、物語の展開する中で、なんと印象深い世界を、わたしに刻み込んだことだろう。

一方で、いくつものお話の場面をわたしの上に降り積もらせ、感受性にささやきかける風があった。着せかけられたそのやわらかなふとんの下で、だれもが夢見るように、わたしもたくさんの夢を見た。はじめに書いた「アンデルセン」の巻は、そのようにして深く記憶されている。「親指姫」「マッチ売りの少女」「錫の兵隊」「人魚姫」、どの作品も色鮮やかな一枚の絵として、いつでも、頭の中の小部屋から取り出してくることができる。それは、ふしぎなことだ。アンデルセンの作品は、記憶の中ですべて〝絵〟なのである。わたしは、その作品を呼んだとき、まず頭の中に鮮明な一枚の絵を描かされたのだろうか。

あの「みにくいあひるの子」の結末をのぞいてみるついでに、このなぞをちょっと考えてみたい。「みにくいあひるの子」の書き出しは、こんなふうである。

——ちょうど夏のこととて、田舎は、とてもよい景色でした。麦は黄色く、からす麦は緑色でした。ほし草は、下のほうの草原に、うずたかくつんでありました。こうのとりは、長い赤い足で散歩しながら、エジプト語でおしゃべりをしていました。（番匠谷英一訳）

一羽のあひるが巣の中にすわって、卵からひなをかえそうとしているという、物語の発端にくるまで、この後、まだ十行ほども心踊る田舎の眺めが描写されている。

さて、みにくく生まれついたために、笑われたりいじめられたりして、さんざん苦しんだあひるの子は、絶望的になって、白鳥たちの群れへ近づいていく。お話のクライマックスだ。

――「さあ、ぼくを殺してください。」かわいそうなあひるの子は、そういって、首を水面にたれて、死を待っていました。すると、そのとき、澄み切った水面に、何が映ったでしょう。それは、自分自身のすがたでした。しかも、それはもう、あのみにくい、いやなぶかっこうな、灰いろの鳥ではなくて、りっぱな一羽の白鳥でした。（同訳）

みにくいあひるの子は、白鳥だった！　子どもにとって、これは救いである。卑しめられ蔑まれた孤児が、実は王子さまだった、よい生まれの娘だったというのは、児童文学にある一つのパターンであるが、この場合は、視覚的な表現を通して、美意識として昇華されている。子どものわたしは、そんなむずかしいことを考えたわけではないが、この結末はしっくりと納得できたのである。

先に取り出した、このお話の冒頭を見ても、アンデルセンは、実に見えるように書いている。読者は、これらの場面を一つ一つ思い描き、最後に作品を一枚の絵に昇華させるのではないだろうか。わたしは少女期になって、彼の「絵のない絵本」を愛読したものだが、この題こそ、作品が絵になって頭に浮かんでいる作者のもの、その自信に裏づけられた題名と思われてならない。

アンデルセンがわたしに開いてみせた作品の世界を思うとき、同じころ読んだ小川未明の世界が、わたしによみがえってくる。「赤いろうそくと人魚」「牛女」「金の輪」「港に着いた黒んぼ」などは、わたしの中に、だいじなハンカチのようにしまわれている。それは、アンデルセンの一枚の絵とはちがって、霧のような色の薄いハンカチである。このハンカチは、空の色や海の色、月の色にも染まって、作品の世界が、そこに幻燈のように映し出される。たとえば、「赤いろうそくと人魚」の書き出しは、こんなふうだ。

――人魚は、南の方の海にばかりすんでいるのではありません。北の海にもすんでいたのであります。北方の海の色は、青うございました。あるとき、岩の上に、女の人魚があがって、あたりの景色をながめながら休んでいました。

雲間からもれた月の光がさびしく、波の上を照らしていました。どちらを見てもかぎりない、ものすごい波が、うねうねと動いているのであります。

この文章の読み手は、「さびしい月の光」と「ものすごい波のうねり」とを、想像力によって見なければならない。目に見えないために、感じようと努めなければならない。小さいわたしは、それを見ようとし感じようと努力したのかどうか。ともかく、わたしは、この「赤いろうそくと人魚」が持つ雰囲気に、それも嵐が身を包んで引きさらっていくような雰囲気にのみこまれてしまっていた。

ここまで来て、わたしは、未明とアンデルセンを、このように思い出すことのできる自分が、そこに、ある共通の気分を感じてきたことに気づく。わたしは、デンマーク人のアンデルセンが雪や白鳥の話を語るとき、小川未明が北の海や雪原を好んで舞台にするとき、そこに大きな共感を抱いていたのだった。

北国に生まれ育ち、その町の部屋の片隅で、こうした話を読んだわたしが、これらの作家や作品に親しみを覚えたのは、当然といえば当然のことであったろう。

ストーブの火とお話の火

　教室のストーブは、教卓の横で、えんとつがまっかになるほどよく燃えていた。当番の子が、鋳物の大きなストーブの上蓋をずらせて、どんどん石炭を投げ込む。前の席の生徒たちは赤くなったほおをおさえ、のぼせた目を、朝から、とろんとさせている。だが、いつでも一番後ろの席に座っているわたしは、ちっとも体があたたまらない。かじかんだ手をこすり合わせて、先生が声をかけてくれるのを待っている。

「はい、うしろの二列、前へきてあたりなさい」

　てぶくろを脇にはさみ、ざぶとんを抱えて、わたしたちは、ストーブのそばへとんでいく。

「静かに。走らないで」

先生の制止も聞かずに、一番いい場所を争い、円陣を作る。体をあぶるだけではたりなくて、てぶくろやざぶとんをストーブ台の上にひろげてあたためる。

「さあ、しずかにして」

もういちど、教室全体を見渡して、そういった先生の手には、教科書ではなく小型で厚みのある一冊の本がのっている。お話の本だ。きのうの続きだ。

「――そっと近づいていく小林少年。それを建物の脇から見守っているのは、あの明智探偵です」

みんなが息をのんで耳を傾けている教室には、ストーブの火の燃え盛る音だけが、ごうごうと鳴る。

「ああ、怪人二十面相。二十のちがった顔を持つといわれた、魔術師のようなあの怪物が、とうとう正体をあばかれるのです」

お話が急転回したところで、ストーブのまわりの者は、腰を浮かして待っていた次の列のグループと交替させられる。そして、組中の子が、体も心もあたたまったとき、お話の本は閉じられる。担任の女教師、N先生の細くてすきとおった声が、「続きは、またあした」と宣言するのを聞くのは、なんと口惜しかったことだろう。小学校四年生になっていたわたしたちは、勉強などそっちのけにして、毎朝、もう少しもう少しとせがむ。なかでも、全員が熱中したのは、江戸川乱歩の明智探偵ものだった。

それまで、〈アケチ〉の名をきいたこともなかったわたしは、人気歌手に拍手を送る、あの気持ちで、級友といっしょに小説の中のアケチを声援した。明智探偵は勇敢で注意深く、からまりあった事件の謎の糸をみごとな推理でときほぐしていく万能の主人公である。どんなに奇妙な、恐ろしい事件が続いても、わたしたちは明智を信頼し、その行動に頼っていられた。一種のスーパーマンをそこに見ていたのだった。

子どもは、おとなという力のある存在を常に意識させられるために、自分の非力を超えたいと願っており、変身を夢見ている。その願望を実現するのがスーパーマンだ――とは、よくいわれることである。ストーブの火照りで全身を熱くしながら、明智探偵の出現に興奮していたわたしたちは、たしかに弱き子どものひとりであった。腹黒い商人や偏執狂を相手に、誘拐された子どもを助け出し、社会の悪と戦い、正義の味方であり続ける明智探偵には、それまでに感じたことのない、胸躍る思いにさせられた。

だが、あるとき、ふと、明智小五郎はなぜ超人的な活躍ができるのだろう、いつも犯人をあやういところで制圧できるのだろう、と考えた。答えは簡単だった。それは、〝お話〟の世界だからだ。わたしは、自分が足をかけている板が、かたっと揺らいだような気がした。

けれども、これは、べつにたいした発見ではなかった。わたしは、先生のお話に耳を傾けながら、そのことは承知で、お話の世界を楽しんでいたはずなのである。子どもというものは、スーパーマンを天空に思い描きながら、そういうものに憧れている自分を、このようにして少しずつ自分で乗り越えていくのだろう。

わたしが小学校の中級から上級へと進んでいくころは、戦後の混乱の中から生まれた新しい文化に、おとなも子どもも広く浸されていった時代だった。戦災孤児を主人公にした連続ラジオ放送劇「鐘の鳴る丘」を、わたしたちは欠かさず聴いた。家でも学校でもドラマの進行は話題の中心になった。子どもたちは、戦争で親をなくした同年齢の少年少女に、強い関心と同情を抱かせられた。わたしは、一九四五（昭和二十）年七月、多数の犠牲者を出した室蘭への艦砲射撃で恐ろしい思いをしており、親類には親を失った子どもや子どもを亡くした親が出ている。壕の中で死んだ級友も忘れられなかった。そんな現実を結びつけることで、「鐘の鳴る丘」のけなげな子どもたちに近づけるような気もした。

復員してきた兄が、行方不明の弟を探すうちに、浮浪児と知り合い、その子らとともに自分たちの住む場所「鐘の鳴る丘」を作り上げるまで――。佐田啓二主演の映画を、学校単位で観にいき、ひとりがすすりあげると、先生までさそわれて泣いた。そして、放課後の教室を掃除しながら、浮浪児でもないわたしたちは、ほうきをふりまわして無邪気に歌った。

〈緑の丘の赤い屋根　とんがり帽子の時計台　鐘が鳴ります　キンコンカン〉

この歌は、それまでわたしたちが歌っていた「予科練の歌」や「少国民の歌」にくらべて、いかにも明るく開放的だった。

そのころ、わたしたちは、よく歌を歌った。爆発的な歌謡曲ブームともいうべき嵐が巻き起こっていて、人々は、歌の中に身を置くことで、戦いに敗れた思いから抜け出そうとしているかのようだった。だれの口からも「りんごの歌」や「異国の丘」や「銀座カンカン娘」がとびだし、歌は繰り返し街に流れた。そうして、日本全国で歌謡曲コンクールとかのど自慢大会とかが盛んになっていった。

子どものわたしたちが、まっ先にこの風潮に染まったのだろう。学校から帰ってくると、本も遊び道具も不足だったわたしたちは、演芸会を開いて遊んだ。もともと歌の好きな姉は、よく音楽の教科書を取り出し、姉妹そろって初めから終わりまで一冊歌い上げてしまうというようなことをしていたので、歌の練習も苦にならない。夜になると、父や母を観客にして女の子五人、つぎからつぎへと歌ったり踊ったりして見せる。引き幕の代わりに、ふすまをあけたてし、しきいぎわにハタキを差し立ててマイクを気取った。どこかの歌謡曲大会で司会者がマイクロフォンの前に立って話しているのを見て、さっそくまねたのだ。

「アー、アー、ただいまから、T姉妹による歌とおどりをおみせしまーす」

まだ三つにならない一番下の妹まで引っ張り出して、一座は大サービスの公演を始める。長い冬の夜、わたしたちは学校で習った歌から流行歌まで、飽きずに歌い、コンクールにうつると、母の前にヤカンを持ち出して、審査のカネのかわりにたたいてもらったりした。

この演芸会のプログラムの一つに、紙芝居が加わったのは、いつのころだったろう。父か母が買ってきてくれた二組の紙芝居を、わたしたちはかわるがわる演じ、セリフは全部そらんじてしまった。

いま、わたしは、その一つを、ありありと思い浮かべることができる。細い線と淡い色とで、挿絵風に描いた平凡な絵が十数場面、粗末な紙に印刷されてあった。「貝の火」と題のある、そのお話は、ふしぎに強い印象を刻むものだった。

紙芝居「貝の火」が、宮沢賢治の同名の作品をもとにしたものであったことを知ったのは、ずっとあとのことである。

――今は兎たちは、みんなみじかい茶色の着物です。

野原の草はきらきら光り、あちこちの樺の木は白い花をつけました。

と始まるこの作品は、ホモイという名のウサギの子が、川で溺れようとしたヒバリの子を助け、鳥の王様から「貝の火」という宝珠をもらう。この宝は、とちの実くらいあるまんまるの玉で、中心で赤い火がちらちら燃えている。ホモイが善いことをすると、この火は美しく燃え上がり、悪いキツネと仲間になって鳥をとったりいじめたりすると、曇って消えそうになる。ホモイは、だれもが持っている「大将になりたい」「いばりたい」という欲望に負けたために、「貝の火」を怒らせ、はじけたその破片を受けて、目が見えなくなってしまう。

いま読み返してみると、この作品の主題は、「勧善懲悪」の一言で言い尽くしてしまえそうだ。

——はじめからおしまひまでお母さんは泣いてばかり居ました。お父さんが腕を組んでじっと考へてゐましたがやがてホモイのせなかを静かに叩いて云ひました。

「泣くな。こんなことはどこにもあるのだ。それをよくわかったお前は、一番さいはひなのだ。目はきっと又よくなる。お父さんがよくしてやるから。な。泣くな。」

という慰めも、一度「貝の火」を失った子どもの痛手を癒すものではないように思う。子どものわたしは、そこに畏れと哀しみを抱いた。

おそらく紙芝居では、賢治の原作のこまやかさは、かなりそぎ落とされていただろう。しかしわたしは、この一篇にみなぎる高原の涼やかな大気のうちに、「貝の火」が灯るのをしっかりと見ていた。その火は、賢治の火だった。作品の火であった。「勧善懲悪」という火芯にともされた火ではあったが、わたしは、その火芯をも含めて美しい「貝の火」を見たと思う。

一つの文学作品が子どもの心に残るということは、どのようなことなのか、と考えてみる。その作品が持つ香気、作者の思想の芯、それが一体になったものを注入されたとき、無垢な子どもの心は強く反応する。そのときこそ作品をめぐる素朴な体験が子どもの内に根づき、その後の人生の歩みの中で、いつか芽生えを迎えるのだろうか。わたしにとって「貝の火」はそのような作品であり、宮沢賢治の世界に魅かれていく遠い発端となったことは、まちがいない。

原野の彼方の空遠く

「大きくなったら、何になるんだ？」

と聞かれると、わたしは答えに窮した。そう尋ねる相手が（たいていは、おじだったが）どんな答えを期待しているかわかっていたからである。

「そうだ、女医になれよ、小児科の。医者と坊主は食いっぱぐれがないっていうからな」

わたしが口ごもっているので、おじは一人ぎめする。そういうおじは、復員してから転々と職をかえ、焼き鳥屋を開業したところだった。「医者」とか「弁護士」とか、ときには「薬剤師」とか、おじのほかのおとなも、わたしの前にいろいろな職業を並べてくれた。どれにも成功者のイメージを濃くまとわせて。だが、中学生になる日を目前にして、わたしが心ひかれていたのは「大工」だった。

そのころ、わたしの家は、父が失職し、社宅を出て室蘭の東にある知利別町に引越した。住宅難の借家住まいで、以前は履物屋だったとかいう店構えの大きな二階家に、前住者が出て行かないまま、初めは二家族が暮らした。この家が見かけだおしのがたぴしで、戸のしまりがわるい、床板がきしむといっては、知り合いのおじさんが、日曜大工にたのまれた。

おじさんがくると、わたしは本も友だちもそっちのけで、ついてまわる。おじさんは、少ない材料や道具で工夫をこらして棚をつったり、引き戸が気持ちよくすべるように直したりした。わたしは、一日中、その楽しそうな仕事ぶりや手つきに見とれて過ごす。特に、おじさんがカンナを使うときは緊張した。そばへ行って、フランス人形の髪のように見事にカールされて出てくるカンナくずを拾い集める。薄紙ほどにしなやかな木のくずは新鮮な匂いがして、その場にいる者を、手仕事の充足感で包む。

「大工になりたい」と思ったのは、そんなときであった。

（でも、女大工ってあるだろうか）

わたしは心配だった。医者や弁護士や薬剤師になるといえば、女の子であっても、おじや父は賛成するだろう。でも、大工になるといったら……。五人姉妹の二番目に生まれたわたしは、なにかといえば「お前が男の子だったらねえ」といわれ続けてきた。おじや父は、わたしに男の子に託すような夢……エライ人になる夢を抱いているのだ、とわたしは気づいていた。

もし、だれかが、わたしに「男の子になりたい?」ときいたら、わたしはうなずいたにちがいない。性や職業による差別観、いや差別感――それは、まさに感じとして、子どもの意識のうちにはいりこむ。十二、三歳のころ、わたしは何か思いつくたびに、塩辛い風が吹いてきてせっかく出そうとした芽をしぼませられる、そんな気持ちに襲われた。

一方で、わたしは女の子であることに満足もしていた。少女雑誌をめくり、少女小説を読みふけっているとき、わたしは十分楽しく、それを味わっていた。

『少女』という雑誌が、仲良しの友達からまわってくる。わたしはお返しに渡すため、創刊されたばかりの『少女サロン』を、はじめて自分の雑誌として買った。それまでは、姉が読んでいた『ひまわり』とか『少女倶楽部』などを背伸びしてのぞいていたのだが、『少女』や『少女サロン』には色刷りページが多く、マンガもあって、なじみよかった。

今、手元の本で調べてみると、雑誌『少女』が創刊されたのは一九四九（昭和二十四）年、私が六年生になる二月である。それは、戦後の解放感を反映していた第一期児童雑誌といわれる文芸的な雑誌が終刊に追い込まれ、代わって娯楽性を盛った『少女』のような雑誌が読者を獲得していく時期であった。

時代に忠実な読者であったわたしは、世界名作なども雑誌の付録で読み、ダイジェスト版の「足長おじさん」に、結構感激した（後年読み返したときには、細部の面白さに二度びっくりしたが）。

あるとき、札幌へ転校することになったSさんが、別れぎわに、わたしにいった。

「あなたはジュディよ。わたし、親友のサーリィなんだから」

小説の中の役柄をまねる約束だった。わたしたちは、その署名入りで「足長おじさん」の手紙形式通り、あれこれとおもしろおかしく学校生活を報告しあった。二人の手紙から、ジュディとサーリィの署名が消えたのは、高校生になって、たぶん、少女期の熱病の痕跡が恥ずかしく思われてからである。

雑誌や本の貸し借りはできるだけしたが、わたしには、そんなに新しい本や雑誌を買うお小遣いはない。だから、いつも、何かもっと読みたいと思っていた。中学に入ってできたある友だちが、一冊貸してもすぐに読んでしまうわたしに、父親の本棚からこっそり本を持ってきてくれた。

「こんな本なら、いっぱいあるわ」

ずっしりと重たい厚い本を手渡しながら、彼女は言った。

「どんどん、かしてやっから」

それは、改造社版の日本文学全集の一冊だった。夏目漱石や芥川龍之介という名は、中学生になって覚えたてのところだったから、わたしはぎっしり並んだ作品を片っぱしから読んでいった。そのうち、友だちに渡される本は、北村透谷、徳富蘆花といった聞いたこともない人のものになってきた。「み、ずのたはこと」などという文章を、わたしはとにかくすみからすみまで眺め、せっせと友だちに返した。

　中学生のわたしの生活は、忙しくなった。母がおじの店を手伝い始めて、夕方から出かけていくようになったからだ。姉は汽車通学の高校生になり、わたしが夕飯を作り上げたころでないと帰ってこない。

　学校から帰ると、わたしは七輪を外に持ち出して火をおこす。そこで、ご飯を炊き、味噌汁を作る。おかずはたいてい母が用意してあったが、ご飯にまぜるジャガイモをむくのがたいへんだった。そのころになっても、わたしたちはまだ混ざり物のない米だけのご飯にはなかなかありつけなかった。妹たちにご飯を食べさせ、あとかたずけをすませて、やっと机に向かう。いや、本に向かう。嫌いな数学のノートをひろげた上に、ちょっとと思ってのせた本を、わたしは読みふけって、勉強はあとまわしになることが多かった。

　月に一度か二度、わたしはおじの使いで、汽車で一時間半ほどかかる苫小牧へ出かけるようにもなった。その町でもうひとりのおじが、焼き鳥のたれにいれるあめを手にいれてくれる。運び役のわたしに、おじはおだちんをはずんでくれた。そのお金で、わたしは早速車中で読む少女小説を買った。吉屋信子、佐藤紅緑、川端康成、円地文子などの作品だった。

お話の中で、お金持ちの娘はたいていピアノをひき、大きな帽子や白いワンピースを身につけて外出し、驚くばかりにわがままだったり、逆に思いやり深かったりする。そして、ほんとうは身分も卑しからぬ孤児の主人公は、誤解やいじわるや悲運にも堪えて、清く強く生きぬく。

わたしは三等車のかたい木の座席にかけ、息をつめて、それらの物語を読んだ。ピアノを習ったこともなく、袖のふくらんだ白いワンピースも持っていないわたしは、どう考えても逆境にある主人公の側にいた。同じ孤児でも「足長おじさん」のジュディは、本の中でとびはね、明るく笑い、理屈を言い、夢を抱いて生きていた。けれども、両腕に抱えるほどたくさん読んだ日本の少女小説の主人公たちは、だれがだれだかわからないほど似ているのだった。

わたしはだれに一番近いんだろう。ほんとうは、だれなんだろう。自分をだれかに同一化させて考えたい読者であったわたしは、もどかしくなって、窓外の景色に目をやる。室蘭と苫小牧の間に広がる原野が、どこまでも続いている。白い波頭がおどりかかる北の海辺には人の影もない。荒地に咲き乱れている野の花だけが、感傷的になった心の内に点々とちりばめられていく。

わたしはため息をついて、手にした本のとびらを開く。そこに数行の詩が印刷されている。作者が思いをこめて引用した、カアル・ブッセの詩をわたしは口ずさんでみる。

山のあなたの空遠く
さひわひ住むと人のいふ

汽車がゆれて、わたしはひざにのせた大きなあめの塊を、あわてておさえる。石のようなその重さこそ現実のものだったのに、わたしは原野の空の彼方に目を馳せて、自分を託すことのできる本の世界を、まだ知らない人生を、思いえがいていたのだった。

あとがき　子どもの時のなかへ

こどもたちに
こどもでいる時間を与えよう
かれらのものの
不思議をあじわえるよう
その素朴な世界で
花開くよう
わたしたちおとなの
かげに

染まらず　（アリス・テイラー　高橋豊子訳　詩「思うままにこどもであれ」から）

わたしがこの詩に出会ったのは最近のことだが、ふと懐かしい声を聞く思いにとらわれた。子どもが「こどもでいる時間」というのは、ひとりぼっちですることもなく日向にたたずんでいたり、夢中でトンボを追い回したり、どんなことにしろ初めての冒険に乗り出したりする時のことだろう。たいていの人は、子どものころ、無心に熱中した〝何か〟の思い出や、だれにも邪魔されないで自分でいることができた〝あの時〟の記憶を持っている。

身体《からだ》が覚えているものもある。住んでいる土地の森や谷間の空気に包まれ、流れていく川に足をひたして、自然からもらったもの。朝夕の食事を作る物音、やがて広がるいい匂い、待ちきれない空腹感など、暮らしの中で呼吸をくり返すうちに、身内に生息するようになったもの。田舎であれ、都会であれ、生まれ育った環境やめぐりあった経験を通して子どもの小さい身体に宿った感覚というものは、消えないのかもしれない。

なんでもが不思議でたまらない世界。生まれたての初めてだらけの、驚きいっぱいの世界。そこでたっぷりと子どもでいる時間を過ごすことが、人にとってどんなに必要なことであるか。アリス・テイラーの詩の呼びかけに、わたしはいつか心の中で谺《こだま》を返していた。

アリス・テイラーのことを、もう少し引き寄せて考えてみたい。一九三八年、アイルランド南部の田園地帯に生まれた彼女は、農場を営む両親のもとで、きょうだい七人、鳥のように自由に育てられたという。緑豊かな丘に続く牧場があり、鮭が産卵に上ってくる川が流れ、馬や牛などしっぽの長い家族がいた。勤勉な農夫や大地のように動じない近所のおばさん、辛抱強くてやさしい母親、自然の法に背くことにはがまんのできない父親。そんな大人に見守られながら、彼女の言葉によると「大地に近い静かな場所で、一歩一歩自分の歩みのままに成長した」。

その子ども時代を描いた「牧場を通って学校へ」（邦題『アイルランド田舎物語』高橋豊子訳　新宿書房刊）が出版されたのは一九八八年、五十年前の農村の暮らしや人々の姿を克明に書きとめた本に関心が集まり、アリス・テイラーは一躍ベストセラー作家になった。だが、彼女はこの作品を初めから本として出版するために書いたのではなかったらしい。自分の子どもたちと身近な人たちへのプレゼントとして記録しておきたいと願った。なぜなら「わたしのこども時代はとても恵まれたものだった」「そのような生活はこれからの世代にはもうぜったいに経験できないものなのですから」と、確信を持って語っている。

わたしは半世紀以上も前の自分の子ども時代を、アリス・テイラーのように確信を持って肯定できるだろうか。一九三七年生まれのわたしは、彼女とそっくり同じ時代を生きてきたというのに、輝かしい子ども時代を持てなかった、鳥のように自由になんて育てられなかった、と感じている。

わたしが生まれ育ったのは北海道南部、太平洋に突き出た半島の内側に昔から天然の港を抱く町、室蘭だ。港に流れ入る川の水辺には、遠い昔、白鳥が渡ってきたという。しかし、わたしが生まれるずっと前から港の一部は埋め立てられて次々に工場ができ、白鳥の渡りなど幻になった。製鉄所、製鋼所、造船所が建ち並び、鉱石を積んだ船が入港する。また、夕張方面から長い長い貨車で運ばれてきた石炭が、船に積み替えられて出ていった。

昭和の時代が二けたになったころ、日本は中国に仕掛けていた戦争を、アジアへと拡大した。室蘭の鉄工業は軍需産業として重視され、兵器の増産へとかりたてられていった。

そのころ、わたしの父は日本製鉄に勤め、輪西町瑞之江にある社宅に住んでいた。そこは、山と坂だらけの室蘭にはいくつもある沢の一つにすぎないのだが、急な坂道一つが国道に通じている狭い谷間だった。谷の奥へと並んだ社宅は二十軒あまり、どの家へ行くにも木材で土留めをしただけの段々を昇り降りしなければならなかった。街灯はこの段々をかろうじて照らす薄暗さだった。店は無かった。町へ買い物に行くにも学校へ通うにも、意を決して出て行く。自家用車など考えることもできない時代には、たぶん大人にも〝孤島〟のような場所ではなかったかと思う。わたしたち姉妹は五人、女ばかりがそろってしまったのだが、みんな、この社宅で生まれた。末の妹だけが戦後生まれで、父が失職して社宅を出ることになったとき二歳、次女のわたしは十一歳だった。

人生の最初の十年、それはわたしにとって、この谷間に生い茂っていた全てのものと通い合った生育期であった。わたしは、その場所を「幼年時代の森」と呼んでみたことがある。実際には森というほどの木々は、当時も今もなく、夏になると崖を覆うイタドリばかりがたくましい繁殖力を見せる。坂道の片側を流れ下っていた清冽な水、それは谷の奥をさらに登りつめた所に水源池があったことでも豊かだったといえる。瑞之江という地名はそこからきたのだろう。

この谷間での子どもの日々に、大きな影を投げかけていたのは戦争である。国民学校へ通うようになったわたしは、戦時体制の学校で少国民としての教育を受けた。それは、戦争が終わる、二年生の夏まで、わずか一年数か月しか続かなかったが、わたしの子どもの時に、さまざまな刻印を残したと思う。

一番強烈な戦争体験は、敗戦一か月前の七月十五日、室蘭の沖から港内の工場群めがけて、米艦隊が撃ち込んできた〝艦砲射撃〟である。谷間の上の空を切り裂くように飛んでいった砲弾の、ひゅるるるるーっという風の音、やがて遠くで炸裂して伝わる地響き。わたしは、防空壕の中で息を殺して、その音を数えていた。のちに明らかにされた米側の資料では一時間あまりの攻撃で一千発以上の弾を費やしたと報告されている。被害は工場だけでなく、社宅や市街に及び、防空壕で生き埋めになった人も少なくなかった。わたしの家族は幸いに砲弾にも当たらず、わたしたち子どもは宝物の「光るマサカリ」を手に入れた。

戦争が引き起こす生活物資の不足は、幼少期のわたしの全生活を覆っていた。食べるもの、着るもの、履くもの、遊ぶためのもの、それが五人姉妹の年齢を追うごとに、どんなに乏しくなっていったか、実証することができる。長女・一枝や次女・桐枝は新しいワンピースを着たことがあるのに、三女・美枝や四女・野枝は、そのお下がりをもらうしかない。いつも着古した服を回しながら着ていた。五女・弓枝は食糧難の只中に生まれてきたので、目の回りが赤くただれた栄養不足の赤んぼうだった。

戦争の中に生まれてきた子どもにとっては、世界は常に戦争中であり、物は欠乏しているのではなく、初めから無いのだ。戦争中の標語に「欲しがりません、勝つまでは」というのがあったが、わたしには、その意味がわからなかった。何を欲しがってはいけないのか。何をがまんすれば勝ち、その結果何を与えられるというのか。そんな理屈をいえる年齢ではなかったが、不可解でならなかった。

戦争があったわたしの子ども時代は、やはり不幸な時代だった。いくつになって思い返してみても、その影は振り払えない。そしてもっと不幸なことに、地球上では今も戦争が絶えない。平和憲法を制定した日本は、なんとか戦争にまきこまれないで、戦後六十年の平和を保つことができた。わたしの回りには、両腕いっぱいに欲しいものを手に入れ、楽しみ、まさに鳥のように自由に行動する子どもたちがいる。わたしの子ども時代を陰画とするなら、彼らの時代は陽画なのだろうか。逆の時代が容易に反転するなどということがあってはならない。この本をまとめながら、わたしは「戦争と子ども」というテーマを考え続けないではいられなかった。

版画家の三好まあやさんと知り合ってから、話をしていると互いに子どものころのことをよく口にしているのに気づいた。三好さんとわたしは生まれ育った環境は大いに違うし、歩いてきた道も違う。けれども、アリス・テイラーのいう「こどもでいる時間」を思い返していると、いつかそれを共有財産にすることができた。いや、三好さんは、いまでもよく「こどもでいる時間」の中にいる人だ。幼い子が言葉をいえない山羊やにわとりの方を自分に近い同族と思っているように、三好さんの同族はちょっと変わったものたちかもしれない。

わたしは、この本に入れたエッセイを、三好さんの前に持ち出した。話す代わりにこれを読んで、といいたい気持ちだった。古い豆本の作品を繰り返し愛読してくれた彼女は、版画を作り始めた。それは、わたしの頼みでもあったが、出来上がった一枚一枚は、彼女自身の子どもの世界に通じていると思えた。

わたしは、この本のタイトルを「子どもの時のなかへ」とすることにした。

実を言うと、ここにまとめた文章は、四半世紀も前に書いたもので、三好さんに起こしてもらわなければ、わたしの中で落ち葉の寝床を作って眠っているだけだったろう。

初出は、「子どもの日々に」が「月刊ポケットむろらん」に一九八〇年一月から一年間連載したもので、「わたしが出会った本とお話」は、タウン誌「月刊むろえらん」（むろえらんはアイヌ語による地名）に連載のあと、北の袖珍本（豆本）第四巻として一九七九年に出版したものである。ともに、Uターンという言葉が使われるようになる少し前に、故郷室蘭に帰った編集者の星丈雄さんにすすめられて書いた。その星さんは地方出版の志をつらぬき、地方史や昔話などたくさんの企画を実現しながらも、夢半ばで逝って久しい。

こんどの出版では、十年近く前に、三好さんを引き合わせてくれた松本昌次さんが、心を込めて本作りをしてくださった。三好さんとふたりで感謝を捧げたい。

二〇〇四年八月

富盛　菊枝

富盛　菊枝（とみもり　きくえ）

児童文学作家。日本文藝家協会会員。日本女子大学家政学部児童学科卒。著書――『ぼくのジャングル』（1965年，理論社）『鉄の街のロビンソン』（1971年，あかね書房）『子どものころ戦争があった』（共著，1974年，あかね書房）『わたしの娘時代』（編著，1974年，童心社）『いたどり谷にきえたふたり』（1985年，太平出版社）『おやおやべんとうくまべんとう』（1986年，ポプラ社）『さまざまな戦後　第1集』（共著，1995年，日本経済評論社）『51年目のあたらしい憲法のはなし』（共著，1997年，洋々社）『金子みすゞ花と海と空の詩』（共著，2003年，勉誠出版）『知里幸恵『アイヌ神謡集』への道』（共著，2003年，東京書籍）。

三好　まあや（みよし　まあや）

版画家。国画会会員。武蔵野美術大学卒。版画家故荒木哲夫に師事。クーバン国際版画ビエンナーレ（1989，91ベルギー）、インターグラフィック（1986東ドイツ）、カダクェス国際版画小品展（1987，89，90スペイン）、国展新人賞（1994）、CWAJ版画展（アメリカンクラブ、1995，97）、国展準会員優作賞（2001）、あおもり版画トリエンナーレ（2001，2004）、台湾国際版画・素描ビエンナーレ（2003）、銀座（東京）ボストン（USA）等の個展で作品を発表。アトリエがらんす主宰。

子《こ》どもの時《とき》のなかへ

二〇〇四年九月一八日　初版第一刷

著　者　富盛《とみもり》　菊枝《きくえ》

版　画　三好《みよし》　まあや

発行所　株式会社　影書房

発行者　松本　昌次

〒114-0015　東京都北区中里二―三―三
久喜ビル四〇三号

電　話　〇三（五九〇七）六七五五

ＦＡＸ　〇三（五九〇七）六七五六

E-mail : kageshobou@md.neweb.ne.jp

http://www.kageshobo.co.jp/

〒振替　〇〇一七〇―四―八五〇七八

本文・版画印刷＝新栄堂

装本印刷＝広陵

製本＝美行製本

定価　一、八〇〇円＋税

ISBN4-87714-320-3 C0095